FUSSBALLSTAR
EIN TRAUM WIRD WAHR

© privat

Als Fabian Lenk (geboren 1963) selbst noch ein Kind war, wollte er Archäologe werden. Auch Musiker oder Schriftsteller waren mögliche Ziele. »Alles brotlose Kunst!«, lautete vielfach das Urteil. Also studierte Fabian Lenk Diplom-Journalistik und war 25 Jahre als Reporter (Sport, Politik) tätig. Parallel schrieb der glühende Fußballfan Bücher – zuerst Krimis für Erwachsene, später vor allem für Kinder und Jugendliche. Rund 200 Titel sind bisher erschienen, die in viele Sprachen übersetzt wurden. Musik macht Fabian Lenk übrigens auch. Seine eigenen Songs findet ihr auf YouTube unter FabiBeat. Fabian Lenk wohnt mit seiner Familie in der Nähe von Bremen.

FABIAN LENK

FUSSBALLSTAR

EIN TRAUM WIRD WAHR

CARLSEN

MIX
Papier aus verantwortungsvollen Quellen
FSC® C083411
FSC
www.fsc.org

Originalausgabe
Veröffentlicht im Carlsen Verlag
April 2018

Umschlagfoto: shutterstock.com © ostill
Umschlaggestaltung: formlabor
Bilder im Innenteil: shutterstock.com © Eugene Onischenko / Peter Zvonar / Oleksii Sidorov / ostill
Corporate Design Taschenbuch: bell étage
Lektorat: Dennis Wohlfeil
Satz: Gunta Lauck
ISBN 978-3-551-31689-9

SPIELREGEL

Bist du bereit für deine erste Saison als Bundesliga-Profi? Starte jetzt auf der rechten Seite mit der Geschichte. Überlege am Ende des Kapitels, welchen Weg du gehen möchtest, und lies an der angegebenen Stelle weiter!

Da ist er.

Zärtlich streichen deine Finger über das Papier.

Endlich. Das Angebot. *Dein* Vertrag. Die Eintrittskarte in die große Welt des Fußballs. Dein Profivertrag für die erste Bundesliga – ein Traum!

Den Briefkopf auf dem Vertrag ziert das Logo des ruhmreichen FC, unterschrieben ist er vom mächtigen Präsidenten höchstpersönlich!

Der FC dominiert die Liga, holt regelmäßig die Meisterschaft und den DFB-Pokal. Das ist schon fast selbstverständlich. Für diesen Club zählt daher vor allem die Champions League, zählen die großen Duelle mit Barcelona, Madrid oder Manchester.

Wow, und jetzt gehörst du dazu!

Die letzten Tage hast du den Briefkasten an dem schmalen Reihenhaus, in dem du mit deinen Eltern lebst, kaum eine Sekunde aus den Augen gelassen. Du wusstest, dass jeden Tag Post vom FC kommen könnte. Und wenn du mal nicht am Fenster standst, hast du mit einem Ohr immer nach dem Geräusch des Briefkastendeckels gelauscht.

Vorgestern war nur Werbung im Postkasten, gestern die Stromrechnung und andere langweilige Sachen für deine Eltern. Aber heute, an diesem Samstag ... da lag dieser unscheinbare, an dich adressierte Umschlag darin. Absender: der FC.

Mit dem Umschlag in der Hand bist du sofort in dein Zimmer unterm Dach hinaufgestürmt.

Es hätte auch eine Absage sein können, nachdem du beim FC ein Probetraining absolviert hast. Aber nein, es ist ein Vertragsangebot!

Du blätterst die Seiten durch. Krass, was für ein Gehalt!

Du wirst Millionär sein! Dir wird schwindelig und du lässt dich auf dein Bett fallen. Dein Blick wandert durchs Zimmer. Du siehst die Wände mit den Postern der FC-Stars. Den Schal, den Rucksack und deinen alten Wecker. Auch er in den Farben des FC.

Der FC, dein Traumverein seit der Grundschule!

Du bist Tom, achtzehn Jahre alt, das Fachabitur frisch in der Tasche. Du bist 1,85 Meter groß, ein Instinktfußballer, trickreich, schnell, beidfüßig und torgefährlich. Aber du hast auch immer den Blick für deinen Nebenmann. Im offensiven Mittelfeld fühlst du dich zu Hause, egal ob als Spielmacher oder auf den Flügeln. Auch Standards beherrschst du. Anders ausgedrückt: Du bist der perfekte Allrounder. Bereits sehr früh sind die Leute auf dich aufmerksam geworden. Schon als du 15 Jahre alt warst, nannte eine Zeitung dich den »neuen Messi«.

Klar, du hast Talent, aber das haben viele. Im Gegensatz zu manch anderen hast du aber auch hart gearbeitet für den Erfolg. Tag für Tag. Bei jedem Wetter. Wenn die anderen vor dem Fernseher oder der Konsole hingen, hast du auf dem Bolzplatz gestanden. Du hast die Bälle in den Kasten gedroschen, auch wenn es schon dunkel war und du das Tor kaum noch gesehen hast. Du hast Freistöße um die Mauer gezirkelt, die aus der Wäscheleine deiner Mutter bestand. Mit zehn Jahren warst du schon in der Jugendabteilung eines Drittligisten, hast alle Nachwuchsmannschaften durchlaufen, dich hochgekämpft. Du hast ausschließlich für deinen Traum gelebt.

Und dann, vor ein paar Monaten, hat dich ein Scout vom FC entdeckt und dich zum Probetraining eingeladen.

FC-Trainer Lanzendörfer war ziemlich zufrieden mit dir. »Du bekommst Post von uns«, hat er dir nach dem Probetraining gesagt.

Und heute, da kam sie nun, diese Post ...

Da klopft es an der Tür. Schon geht sie auf und dein Vater steht im Zimmer.

Das ist eine seiner Spezialitäten: Anklopfen und Tür aufreißen, das ist bei ihm eine Bewegung. »Und? Ist es ein Vertrag?«, fragt er dich mit leuchtenden Augen.

»Nein, Werbung vom Pizzaservice«, sagst du, um ihn ein bisschen zu ärgern.

Er lächelt und setzt sich neben dich. »Quatsch, zeig mal her.«

Du reichst ihm die Papiere und beobachtest deinen Vater, wie er mit gerunzelter Stirn die Seiten überfliegt. Du weißt, dass dein Dad früher auch mal von einer Karriere als Fußballer geträumt hat. Er war wohl ein ziemlich ein guter Spieler, der es bis in die Regionalliga geschafft hatte, aber eben auch nicht weiter. Zudem warfen ihn zahlreiche Verletzungen immer wieder zurück. Bereits mit 28 Jahren gab er das Fußballspielen auf. Zum Glück hatte er zu diesem Zeitpunkt eine Lehre als Werkzeugmacher abgeschlossen und arbeitet heute bei einer mittelgroßen Firma in eurem Heimatort. Auch deine Mutter arbeitet dort, und zwar als Bürokauffrau. Deine Eltern sind manchmal ein bisschen spießig und hören seltsame Musik. Aber das tun die meisten Eltern. Sonst sind deine Mom und dein Dad ganz okay. Du hast ziemlich Glück mit den beiden gehabt. Es könnte echt schlimmer sein.

»Gratuliere«, sagt dein Vater jetzt. »Du hast es gepackt!«

Du strahlst.

»Aber wir müssen …«, fährt er fort, doch da ertönt plötzlich grässliche Schlagermusik. Der Klingelton von seinem Handy. O Mann …

Die Stirn deines Vaters legt sich in Falten, während er lauscht. Schließlich sagt er: »Okay, schauen wir mal. Das müssen wir erst noch besprechen. Wir melden uns.«

Dann beendet er das Gespräch.

»Wer war das?«, willst du wissen.

»Ein Spielerberater. Aber nicht irgendeiner«, lautet die Antwort.

Du schaust deinen Vater fragend an.

»Klaus Klöver«, sagt er nun.

Du nickst. Den Mann kennst du. Er ist *der* Spielerberater in der Szene, hat einige Superstars unter Vertrag, zu denen auch mehrere deutsche Nationalspieler gehören.

»Er hat mitgekriegt, dass dir der FC ein Angebot gemacht hat. Der Typ hat offenbar überall seine Informanten. Und jetzt will er sich um deine Karriere kümmern, hat er gesagt«, ergänzt dein Vater. »Um Werbeverträge und so etwas. Klöver will dafür sorgen, dass ›der Rubel rollt‹, wie er sich ausdrückt. Er hat blendende Kontakte zur Wirtschaft, behauptet er. Außerdem bietet er an, deinen Vertrag genau unter die Lupe zu nehmen. Womöglich sei noch mehr für dich herauszuholen.«

»Das klingt doch gut«, sagst du.

Dein Vater steht auf und geht zum Fenster, das Vertragsangebot in der Hand.

»Ja, vielleicht. Vielleicht aber auch nicht. Dieser Klöver arbeitet ja nicht umsonst, er will ein Honorar. Der Typ ist ziemlich unverschämt, er will vierzehn Prozent von allen Einnahmen, die du dank seiner Vermittlung und Beratung bekommst«, erklärt er dir. »Das ist der absolute Höchstsatz, der überhaupt erlaubt ist. Aber die meisten Spielerberater nehmen nur acht bis zwölf Prozent.«

Vierzehn Prozent? Das ist doch gar nicht so viel, denkst du dir. Denn du bist froh, wenn dir jemand den blöden Papierkram abnimmt. Durch diese ganzen Klauseln und Paragrafen steigst du einfach nicht durch. Werbeverträge, Sponsoren, das ganze Kleingedruckte ...

Du willst einfach nur Fußball spielen. Bisher haben den blöden Schreibkram immer deine Eltern für dich erledigt. Sehr praktisch.

Auch jetzt hast du eigentlich überhaupt keine Lust, dich mit dem Zeug zu beschäftigen. Du willst auf den Platz! Du brennst darauf, endlich mit der Mannschaft des FC zu trainieren.

Schon am Montag sollst du ins Training einsteigen, denn bald steht der erste Spieltag in der Bundesliga an und vielleicht kannst du dich in der Vorbereitung schon für deinen ersten Einsatz empfehlen.

Doch halt! Jetzt, wo du bald zu den Profis des FC gehören wirst und es plötzlich um richtig viel Geld geht, solltest du noch einmal nachdenken.

Können deine Eltern wirklich noch das Beste für dich herausholen?, fragst du dich plötzlich. Das ist doch jetzt eine ganze andere Welt!

Haben sie überhaupt die Zeit und das Wissen? Haben sie die nötigen Kontakte? Wohl eher nicht, ahnst du. Andererseits: Deinen Eltern kannst du vertrauen.

Sie würden dich nie über den Tisch ziehen. Außerdem verlangen sie bestimmt keine Provision, auch wenn du ihnen das mit Sicherheit anbieten würdest. Sie tun es für dich.

Aber Klöver? Der hat sicher auch seinen eigenen Gewinn im Kopf. In der Spielerberater-Branche tummeln sich einige zwielichtige Gestalten, das weiß schließlich jeder.

Doch Klöver gehört eigentlich nicht zu den schwarzen Schafen. Er ist bestimmt fair und seine Kontakte sind garantiert super, sonst würden nicht so viele Stars mit ihm zusammenarbeiten.

Aber wenn Klöver in deinem Vertrag herumpfuscht, wenn er verlangt, dass er noch mal geändert wird, und den FC damit vor den Kopf stößt? Vielleicht macht der Club dann einen Rückzieher! Dann ist deine Karriere beim FC vermutlich beendet, bevor sie überhaupt richtig begonnen hat.

Du bist hin und her gerissen.

»Ich rate dir ab«, sagt dein Vater. »Wir kriegen das auch ohne Klöver hin. Wir prüfen das Vertragsangebot erst mal ganz in Ruhe. Du, deine Mutter und ich. Und erst dann unterschreibst du.«

Wenn du auf deinen Vater hörst, lies weiter auf Seite 43

Wenn du dich für Klöver entscheidest, lies weiter auf Seite 75

Das ist die perfekte Gelegenheit für einen Overhead-Flip, wie ihn der Nigerianer Jay-Jay Okocha einst perfektioniert hat!

Du stürmst auf deinen Gegner zu. Jetzt stellst du das rechte Bein vor den Ball und klemmst ihn mit der rechten Hacke und dem linken Spann ein. Dann schleuderst du die Kugel mit beiden Beinen über den verdutzten Borussen hinweg und überläufst ihn, um den Ball wieder aufzunehmen und mit einem Steilpass auf Zezinho weiterzuleiten. Genial! Das Publikum rast!

Zezinho tanzt seinen Gegenspieler aus und vollendet deine perfekte Vorarbeit zum 6:0. Das halbe Dutzend ist voll – und dein Trick und Zezinhos Tor werden zum absoluten Hit auf YouTube!

Mannschaftskapitän Schmidt kommt zu dir, um dir zu dieser hammermäßigen Aktion zu gratulieren. Außerdem adelt er dich mit einem neuen Spitznamen: »Tom, ab jetzt bist du Jay-Jay!«

Wie cool ist denn das?!

Lies weiter auf Seite 111

Du fährst zu einem schicken Lokal in der Nähe des Stadions. Möller, der Autohausbesitzer, wartet bereits auf dich. Er ist ein junger, smarter Typ, der das Unternehmen von seinem Vater übernommen hat.

Als der Nachtisch serviert wird, kommt er zur Sache: »Haben Sie nicht schon immer davon geträumt, mal einen Ferrari zu fahren?«

»Na klar«, erwiderst du. Ben hat auch so eine Granate.

»Ich biete Ihnen unser Topmodell für nur 200.000 Euro an. 963 PS, knapp 380 km/h Höchstgeschwindigkeit. In drei Sekunden ist der bei Tempo 100, in sieben bei 200 und in 15 Sekunden bei 300. Das Fahrzeug hat eigentlich einen Wert von einer Million. Es gibt weltweit nur 499 Stück …«

Du schluckst. »Und was soll ich dafür tun?«

»Ab und zu mal in die Kameras lächeln – und sonst keine andere Marke fahren«, lautet die Antwort. »Sie sollen Werbung für mein Autohaus machen.«

Du zögerst. Nur 200.000 Euro für einen solchen Traumwagen! Das kannst du dir locker leisten. Aber knapp 1000 PS … die muss man erst einmal beherrschen.

Wenn du das Auto kaufst, lies weiter auf Seite 67

Wenn du das lieber lässt, lies weiter auf Seite 42

Nach deinem ersten Einsatz kehrt wieder der Trainingsalltag ein. Lanzendörfer verlangt euch bei jeder Einheit alles ab. Er will euch brennen sehen. Dem Trainer entgeht nichts, er legt größten Wert auf eine professionelle Einstellung. Dazu gehört auch die Ernährung. »Nur ein gesunder Körper kann Höchstleistungen bringen«, predigt Lanzendörfer. »Ich erwarte ja nicht von euch, dass ihr Veganer werdet. Aber Fastfood und anderes fettes und ungesundes Zeug sind Gift für Sportler.«

Leise sagt dein Kumpel Ben zu dir: »O Mann, das geht mir echt auf die Nerven. Ich liebe Burger. Da ist doch jede Menge Fleisch drin. Fleisch enthält Eiweiß, soviel ich weiß, und Eiweiß ist doch gut für den Muskelaufbau. Was spricht also gegen einen feinen Burger?«

Du nickst. Auf deiner Favoritenliste ganz weit oben steht ... genau, der Cheeseburger. Am besten mit etwas Bacon. Schon bei dem Gedanken an das Ding läuft dir das Wasser im Mund zusammen.

Lanzendörfer schickt euch zum Laufen.

Ben trabt neben dir her. »Ich pfeif auf das Gelaber«, flüstert er. »Heute Abend bin ich mit zwei hübschen Mädels in einem angesagten Burgerlokal verabredet. Kommst du mit?«

Wenn du Ben begleitest, lies weiter auf Seite 103

Wenn du das lieber lässt, lies weiter auf Seite 78

Zezinho ist schnell, Zezinho ist trickreich. Der Ball und er sind eins, eine fließende, elegante Bewegung. Aber auch du bist ein begnadeter Fußballer und bringst noch etwas mit, was dem Brasilianer abgeht: eine ordentliche Portion Härte, wenn es sein muss.

Als Zezinho dich mit einem Übersteiger austanzen und dir zeigen will, dass er ein ganz Großer ist und du bloß ein kleiner Nachwuchsspieler, lernt er genau diese Härte von dir kennen: Du grätschst in ihn hinein – von der Seite und nicht von hinten, denn das wäre nun wirklich etwas zu viel des Guten. Schließlich willst du den Kollegen nicht verletzen.

Okay, du triffst den Ball, aber du triffst auch Zezinhos Bein. Der Brasilianer hebt ab und kracht ziemlich hart auf den Platz.

Er wälzt sich am Boden und schreit dich an: »Bist du bekloppt? Du hast mir das Bein durchgetreten!«

Sofort bildet sich eine Spielertraube um euch beide. Auch Lanzendörfer und der Doc mit seinem Koffer stürmen heran.

Kapitän Schmidt stößt dich zurück. »Was soll das? Du kannst doch nicht so in den eigenen Mann reingehen!«

Du schluckst. »Das ... das habe ich nicht gewollt«, stammelst du.

In diesem Moment steht Zezinho jedoch wieder auf. Sein Gesicht ist schmerzverzerrt, aber er kann das Bein belasten. Eine Minute später ist er wieder ganz der Alte und du atmest auf.

Lanzendörfer nimmt dich zur Seite. »Du bist ehrgeizig, und genau das erwarte ich auch von dir. Aber du darfst es nicht übertreiben. Spiel hart, aber bleib fair. Hast du das begriffen?«

Du nickst. Und weiter geht das Trainingsspiel. Schnell liegt deine Mannschaft mit zwei Toren hinten.

Als du den Ball hast und ihn in den Winkel nageln willst, wirst du hart angegangen und landest mit dem Gesicht voran auf dem Rasen. Als du aufschaust, siehst du den grinsenden Zezinho.

»Was du kannst, kann ich auch«, sagt er düster. Doch dann lächelt er dich an und reicht dir die Hand, um dich wieder auf die Beine zu ziehen.

Du lächelst zurück und klopfst ihm auf die Schulter.

Dann legst du dir den Ball für den fälligen Freistoß zurecht. Ein eleganter Schlenzer, und Keeper Wollny streckt sich vergeblich. Tor!

»Nicht schlecht!«, hörst du von allen Seiten.

Auch dein Coach nickt anerkennend und meint später zu dir: »Gut gemacht. Ich habe dich jetzt auf dem Zettel, wenn es um Freistöße geht.«

»Und für die Startelf, haben Sie mich da auch auf dem Zettel?«, fragst du voller Hoffnung.

»Schauen wir mal«, antwortet der Trainer vage.

Lies weiter auf Seite 28

Der Schiedsrichter wird von den gegnerischen Spielern dicht umringt. Es gibt großes Theater, weil sie erwarten, dass der Schiri seine Fehlentscheidung zurücknimmt. Aber der denkt gar nicht daran, sondern deutet auf den Punkt.

Auch du wirst angegangen.

»Du mieser Schauspieler, das war eine Schwalbe!«, motzt der Mannschaftskapitän des anderen Teams dich an.

Du bleibst ruhig und gehst zum Mann mit der Pfeife.

»Das war ein normaler Zweikampf und kein Elfer«, sagst du zu ihm.

Der Schiedsrichter zieht dich zur Seite und fragt noch mal leise nach. Als du bei deiner Einschätzung bleibst, nimmt er seine Entscheidung tatsächlich zurück – sehr zur Freude der gegnerischen Spieler und sehr zur Überraschung deiner eigenen Mannschaft.

Aber auch so schafft ihr noch den Sieg – und zwar durch zwei fulminante Fernschüsse von dir.

Lanzendörfer lobt dich nach dem Spiel. Aber nicht nur er: Auch der Gegner und die Presse rühmen deine Leistung, vor allem aber auch deine Fairness.

Lies weiter auf Seite 71

Wieder einmal ist das Training knallhart. Heute jagt Lanzendörfer euch durch ein hügeliges Waldgebiet in der Nähe des FC-Geländes. Er kennt kein Pardon und läuft als Letzter, um denjenigen, denen die Puste ausgeht, Beine zu machen. Zu den Schluffis gehörst heute auch du. Denn du hast einen echt miesen Tag erwischt. Schon beim Aufstehen hast du gemerkt: Das wird heute nichts.

Aber zunächst hast du dir beim Training nichts anmerken lassen und alles brav mitgemacht. Doch dieser Lauf über zehn Kilometer, muss der wirklich noch sein? Dir tun alle Knochen weh, deine Muskeln brennen, dein Körper schreit nach Ruhe und Erholung.

»Was ist los mit dir?«, raunzt der Coach dich an. Er ist so dicht hinter dir, dass du ihn atmen hörst. Doch während Lanzendörfers Atem ruhig und gleichmäßig geht, hechelst du wie ein junger Hund nach einem wilden Spiel.

»Nichts, Trainer, nichts«, beeilst du dich zu sagen und beschleunigst etwas, damit der Coach dir nicht in die Hacken tritt.

An der nächsten Steigung hättest du dich fast übergeben – und plötzlich hast du eine Idee: Wie wär's, wenn du Probleme mit der Muskulatur vorgaukelst? Dann hätte die Schinderei ein Ende …

Wenn du simulierst, lies weiter auf Seite 56

Wenn du die Zähne zusammenbeißt, lies weiter auf Seite 37

»Komm, wir hauen ab«, sagst du zu Marco.

»Wieso das denn? Ist doch lustig hier«, lallt dein Freund.

»Ja klar, aber morgen ist das nächste Spiel ...«, gibst du zu bedenken.

Marco nimmt einen tiefen Schluck und wischt sich mit dem Handrücken über die Lippen. »Na und? Wir sitzen doch sowieso nur auf der Bank. Der Lanzendörfer kann mich mal!«

Du bläst die Backen auf. »Aber es könnte sein, dass er uns einwechselt. Und wenn du einen Kater hast, wird das nichts!«

Marco wird nachdenklich ... dann lässt er sich etwas widerwillig von dir aus der Disco schieben.

Du übernimmst das Steuer und bringst ihn nach Hause.

»Schlaf dich aus«, rätst du ihm. »Und falls du Durst bekommst: Heute nur noch Wasser, ist das klar?«

Marco nickt und gähnt. Dann verschwindet er in seiner Wohnung.

Lies weiter auf Seite 115

Als du – verfolgt von Konditionstrainer Heppner – durch den verschneiten Wald rennst, verfluchst du dich in Gedanken. Wie kann man nur so blöd sein, sich hier zu quälen? Andere liegen jetzt faul auf dem Sofa, gucken Fernsehen und warten auf den nächsten Festschmaus.

Andere vielleicht, aber nicht alle. Denn du bist nicht allein. Auch ein paar weitere Spieler des FC haben sich dazu durchgerungen, das mörderische Konditionsprogramm zu absolvieren. Trainer Lanzendörfer ist ebenfalls dabei.

Heppner ist happy und ganz in seinem Element. Er lässt sich wirklich eine Menge einfallen, um euch zu knechten.

»Was euch nicht umbringt, macht euch härter!«, ruft er euch lachend zu. »Auf geht's, Jungs. Nur noch 26 Runden. Das ist doch ein Klacks!«

Ist es nicht! Das ist das reinste Horrorprogramm mit ein paar armen Fußballern in den Hauptrollen.

Doch Heppner lässt sich nicht von seinem Kurs abbringen. Er macht euch Beine. »Komm schon, Tom! Hoch die müden Knochen!«

Beim offiziellen Trainingsbeginn bist du dank Heppner topfit. Der Lohn: Zum Rückrundenauftakt gehörst du gleich zur Startformation. Die Schufterei hat sich also gelohnt!

Lies weiter auf Seite 89

Es steht aber noch eine weitere wichtige Entscheidung an. Wo wirst du, das neue Supertalent des FC, künftig wohnen?

Zurzeit lebst du auf dem Land in einem gemütlichen, verschlafenen Nest. Dein Zimmer hat zwölf Quadratmeter. Im Ort gibt es gerade mal ein Lokal und einen kleinen Supermarkt. Du bist ein echtes Landei. Trotzdem hast du dich hier immer wohlgefühlt. Hier ist nun mal deine Heimat. Hier lebt deine Familie, hier sind deine Freunde, wie Tobi, Flo oder Walze, mit denen du früher immer kicken warst. Hier sind der Weiher, in dem du im Sommer mit den Jungs gebadet, und der kleine Sportplatz, auf dem du die Netze durchgeballert hast. In Höhe der Mittellinie steht auf beiden Seiten je ein verwitterter Unterstand für das Heim- und Gästeteam. Zu den Spielen kommen gerade mal 20 bis 30 Leute.

Das Stadion mit dem Trainingsgelände des berühmten FC aber liegt in einer Millionenstadt mit Hochhäusern und hippen Bars. Hier pulsiert das Leben in einem schnellen, aufregenden Rhythmus. Die Stadt ist 75 Kilometer von dem kleinen Ort, in dem das Reihenhaus deiner Eltern steht, entfernt.

Tja, und jetzt? Willst du jeden Tag zu deinem neuen Arbeitgeber pendeln? Du hast noch nicht einmal ein Auto ... Okay, das ließe sich schnell ändern, Geld genug hast du jetzt ja. Aber die tägliche Fahrerei könnte ganz schön nervig werden. Oder sollst du dir lieber eine schicke Wohnung in der Großstadt nehmen? Aber dort kennst du niemanden und wärst bestimmt viel allein ...

Wenn du zu Hause wohnen bleibst, lies weiter auf Seite 52

Wenn du dir eine Wohnung mietest, lies weiter auf Seite 35

Früher oder später wird Lanzendörfer auf dich zurückkommen müssen. Da sind sich deine Kumpel Ben und Marco ganz sicher. Du bist schließlich das Megatalent. Der, auf den alle gewartet haben. Der neue Messi!

In dieser Trainingswoche lässt du es erst mal locker angehen. Schließlich bist du beim nächsten Spiel ohnehin nicht dabei. Für dich spielt ein junger Typ namens André aus der Amateurmannschaft des FC.

Aber auch beim übernächsten Spiel stellt der Coach dich nicht auf.

Pah!, denkst du, auch wenn beide Partien vom FC ohne dich gewonnen wurden. Bei deinem Talent wirst du schon bald wieder auf dem Patz glänzen.

Doch da hast du dich verrechnet. Und zwar so richtig.

Denn dieser André läuft dir ganz locker den Rang ab. Er zeigt viel mehr Einsatz im Training als du, ist bald der neue Liebling des Trainers und sieht auch noch aus wie Justin Bieber. Vor allem die weiblichen Fans lieben ihn.

Die Tür zur ersten Mannschaft des FC ist damit für dich zu und du bekommst die Quittung für deine Überheblichkeit! Den Rest der Saison versauerst du auf der Ersatzbank, manchmal sogar auf der Tribüne.

ENDE

Die Fans strahlen, als du zu ihnen kommst. Sie reichen dir Stifte und du beginnst deinen Namen auf T-Shirts und Schreibblöcke zu kritzeln.

Dann fragen dich auch noch einige der Zuschauer, ob sie ein Selfie mit dir machen dürfen.

Du bist einverstanden und es bildet sich eine beachtliche Schlange. Alle wollen ein Foto mir dir.

Endlich ist es geschafft und du kehrst auf den Platz zurück, wo die Bälle inzwischen in den Netzen sind.

»Na, hat es Spaß gemacht?«, fragt dich Mannschaftskapitän Schmidt. Er wirkt ziemlich sauer.

»Na klar, euch auch?«, erwiderst du flapsig.

»Sehr komisch«, sagt Schmidt. Sörensen und Kögl, die beiden Verteidiger, tauchen hinter ihm auf.

»Hoffentlich ist sich unser neuer Superstar das nächste Mal nicht zu fein, mit uns die Bälle einzusammeln«, ätzt Kögl.

»Okay, ich habe Autogramme gegeben. Na und? Jetzt entspannt euch mal und macht nicht so eine Welle«, verlangst du und lässt sie einfach stehen. Neid muss man sich eben erarbeiten, denkst du, während du in die Umkleidekabine stapfst.

Dir ist natürlich klar, dass dein Verhalten nicht jedem passt, aber das nimmst du in Kauf.

Am Abend ist der Ärger schon wieder vergessen. Du hast einen interessanten Termin mit Fred Möller, dem Chef einer großen Autohaus-Kette. In ganz Deutschland hat Möller Filialen, in denen er Nobelkarossen anbietet.

Lies weiter auf Seite 14

Die Medien feiern den FC und dich! Ihr seid also Herbstmeister! Doch du weißt natürlich: Das ist ein Titel, von dem ihr euch nichts kaufen könnt. Und du weißt auch, dass man dich – den neuen Shootingstar beim FC – weiter ganz genau beobachten wird.

Die Weihnachtstage verbringst du mit deiner Familie. Am zweiten Feiertag bekommst du eine traurige Nachricht über WhatsApp: Einer eurer Spieler ist beim Joggen auf einer Eisplatte ausgerutscht und so unglücklich gestürzt, dass er sich das Kreuzband im rechten Knie gerissen hat. Bitter! Ihm droht sogar das Karriere-Ende!

Was wird jetzt aus diesem Spieler, der erst 29 Jahre alt ist?

Das bringt auch dich zum Nachdenken und dein Vater kommt dir in den Sinn. Der hat sich doch einst auch sehr schwer verletzt.

Dir wird klar, dass du eine Alternative zur Fußballerkarriere brauchst. Immerhin, du hast einen guten Schulabschluss. Darauf kannst du aufbauen – nur womit? Mit einer Lehre? Oder sogar mit einem Studium?

Du berätst dich mit deinen Eltern. Deine Mutter rät dir unbedingt dazu, dir ein zweites berufliches Standbein aufzubauen. Dein Vater ist hin und her gerissen.

»Ich fürchte, dass das zu viel werden könnte«, meint er. »Fußball und Ausbildung – wie soll das nebeneinander funktionieren?«

Hm, wirklich schwierig …

Wenn du dich für eine Ausbildung neben dem Fußball entscheidest, lies weiter auf Seite 100

Wenn du dich weiter ganz auf den Fußball konzentrierst, lies weiter auf Seite 70

Du machst weiter Party, behältst dabei aber deinen Kumpel ein wenig im Auge.

Marco läuft zur Höchstform auf. Ständig zerrt er irgendwelche Frauen auf die Tanzfläche. Das geht nicht lange gut. Denn irgendwann wird der Freund einer dieser Frauen sauer.

»Nur weil du bei diesem reichen Mistverein kickst, kannst du dir noch lange nicht alles herausnehmen!«, brüllt er Marco an und schubst ihn, sodass dein Freund auf dem Hintern landet.

Mühsam rappelt sich Marco auf. »Spinnst du?«, schreit er und krempelt die Ärmel seines Hemdes hoch.

Auch du bist wütend. Was bildet sich der Futzi ein? Erst schubst er deinen Freund Marco und dann beleidigt er auch noch deinen Verein, den berühmten FC!

Wenn du dich einmischst und Marco und euren Verein verteidigst, lies weiter auf Seite 121

Wenn du versuchst zu schlichten, lies weiter auf Seite 57

Endlich! Es geht los. Heute ist der erste Spieltag der Bundesliga! Dein FC hat ein Heimspiel. Die Hütte ist voll, knapp 80.000 Fans sind da und die Stimmung ist prächtig. Fahnen werden geschwenkt, Sprechchöre erschallen.

Dir läuft eine Gänsehaut den Rücken hinunter, als du auf der Reservebank Platz nimmst und zu der Kurve schaust, wo eure treuesten Fans sitzen – wie eine Wand in euren Vereinsfarben. Mann, was für ein Anblick!

Euer Gegner, der VfB, ist eine denkbar leichte Aufgabe – glaubt ihr jedenfalls. Schließlich handelt es sich um einen der beiden Aufsteiger.

»Die hauen wir weg!«, hat Mannschaftskapitän Schmidt in der Kabine getönt.

Doch Trainer Lanzendörfer hat euch eindringlich vor der Truppe gewarnt: »Die sind mit zehn Punkten Vorsprung Meister in der zweiten Liga geworden, das kommt nicht von ungefähr. Die haben eine verdammt gute Mannschaft und außerdem bei uns nichts zu verlieren.«

Dennoch: Ihr seid der haushohe Favorit.

Der Schiri pfeift, der Ball rollt. Der FC übernimmt sofort das Kommando, drückt den VfB tief in die eigene Hälfte und beginnt mit der Belagerung des gegnerischen Strafraums.

In der 5. Minute habt ihr eine erste Großchance: Verteidiger Calliuby schickt deinen Kumpel Ben über die rechte Außenbahn auf die Reise, der flankt nach innen, wo Stürmer Ward den Ball an die Latte köpft!

Kollektives Aufstöhnen auf den Rängen, Aufatmen beim Aufsteiger.

Weiter geht es, Angriff um Angriff rollt auf das Tor des VfB zu. Doch die Mannschaft verteidigt geschickt. Ihr Trainer hat Beton angerührt und zwei Abwehrreihen aufgebaut, die sehr aufmerksam sind und gut harmonieren. Nach Wards Lattenknaller gibt es in den nächsten dreißig Minuten keine nennenswerte Chance mehr für dein Team – auch wenn ihr drückend überlegen seid und fast siebzig Prozent Ballbesitz habt.

Eure Spielmacher Zezinho und Santos wirken zunehmend ratlos – ihre Pässe kommen nicht an. Schmidt versucht es mal mit der Brechstange und zieht aus gut dreißig Metern ab, doch der Ball geht weit drüber.

Trainer Lanzendörfer wird allmählich sauer. Er gestikuliert, er fuchtelt herum, er brüllt Kommandos – er will das Spiel mehr öffnen und fordert schnellere Kombinationen.

Eure Fans bleiben gelassen und feuern dein Team weiter an.

Dann kommt die 45. Minute. Als alle sich schon mit einem 0:0 zur Pause abgefunden haben, startet der VfB seinen ersten ernst zu nehmenden Angriff. Der Torwart fängt eine Flanke von Santos ab und drischt die Kugel weit nach vorn. Verteidiger Kögl verschätzt sich bei dem Versuch, den Ball wegzuköpfen – er taucht förmlich unter ihm hindurch –, und plötzlich rennt der gegnerische Stürmer allein auf euren Keeper zu! Ein Lupfer – und zum Entsetzen der meisten Fans im Stadion liegt der Ball in eurem Kasten. Das 0:1 ist gefallen und so recht kann das niemand glauben, weil ihr doch bisher klar besser wart.

Eine Minute später bittet der Schiedsrichter zum Pausentee. Erste Pfiffe kommen von den Rängen, als ihr euch in eure Kabine zurückzieht.

Torwart Wollny feuert seine Handschuhe gegen den Spind. Er ist stinksauer, weil er genau einen Ball auf seine Kiste bekam – und der war drin.

»Das darf doch nicht wahr sein: Diese Maurertruppe stellt sich nur hinten rein!«, tobt Schmidt. »Das ist Antifußball, so was gehört verboten!«

»Ruhe!«, ruft Lanzendörfer. Dann redet er auf euch ein. Er erklärt sachlich, was falsch lief und wo ihr den Hebel ansetzen müsst. Zum Schluss meint er: »Wir haben noch genug Zeit, das Spiel zu drehen. Und ich sage euch: Wir werden es drehen. Wir werden als Sieger vom Platz gehen! Ist das klar?!«

»Klar!«, schallt es ihm entgegen.

Doch in der zweiten Halbzeit läuft es nicht besser. Der VfB verteidigt mit Mann und Maus die knappe Führung, dein FC rennt kopflos gegen ein Abwehrbollwerk an.

Und du? Du hockst weiter auf der Bank …

Doch in der 58. Minute nickt Lanzendörfer dir aufmunternd zu. Mach dich warm, heißt das.

O mein Gott, denkst du, während du aufstehst. Jetzt bist du gleich auf dem Platz. Vor 80.000 Leuten. Vor den vielen Kameras. Du bist verdammt stolz, aber auch wahnsinnig aufgeregt. Hoffentlich vergeigst du deine Bundesliga-Premiere nicht.

Auf keinen Fall!, sagst du dir und straffst die Schultern. Du wirst diesem Spiel jetzt deinen Stempel aufdrücken!

Du läufst dich warm und bringst deine Muskeln auf Temperatur. Jeder Zentimeter deines Körpers ist angespannt.

Dann geht die Tafel des vierten Offiziellen hoch. Die Nummer 8 von Santos leuchtet auf und die 31: deine Nummer!

Als du das Leibchen der Ersatzspieler abstreifst, winkt Lanzendörfer dich heran.

»Hör zu, Tom«, sagt der Coach und gibt dir deine taktischen Anweisungen. »Du sollst zwar die Position von Santos übernehmen, sie aber viel offensiver auslegen. Füttere Ward mit Zuspielen aus dem Zentrum, während Meyer und di Nevio weiter über außen Druck machen. Aber vergiss auf keinen Fall die Absicherung nach hinten! Wir dürfen nicht blind anrennen, sonst fangen wir uns noch einen Gegentreffer – und dann ist die Partie endgültig gelaufen!«

Du hörst das alles wie aus weiter Ferne und nickst andeutungsweise. Jetzt kommt der Moment, von dem du immer geträumt hast: dein erstes Bundesligaspiel für den FC!

Als der Stadionsprecher deinen Namen verkündet, brandet ohrenbetäubender Jubel auf.

Die meinen mich!, durchzuckt es dich, als du Santos abklatschst, dem anzusehen ist, dass er von seiner Auswechslung alles andere als begeistert ist.

Dann orientierst du dich weisungsgemäß ins Mittelfeld. Zezinho klopft dir auf die Schulter und Kapitän Schmidt meint lächelnd: »Wird schon gut gehen. Wir schaukeln das Ding.«

Okay, nun bist du dort, wo du immer hingewollt hast.

In einem Hexenkessel. Denn eure Fans erwarten einen Heimsieg gegen den frechen Aufsteiger. Das Publikum peitscht euch nach vorn. Du bist schnell drin im Spiel, die anderen suchen dich, warten auf deine Ideen, hoffen auf deine Kreativität.

Jetzt hast du den Ball, ungefähr auf der Höhe des Anstoßkreises. Links sprintet Ben los. Du könntest ihn mit einem weiten Diagonalpass anspielen, lässt es aber lieber – zu riskant.

Du hast Lanzendörfers Worte noch im Ohr: »Vergiss auf keinen Fall die Absicherung nach hinten!«

Also spielst du lieber einen kurzen Pass zu Schmidt. Der passt ihn sofort zu dir zurück – und dann siehst du sie, die Lücke!

Was für ein Zuckerpass von dir auf euren Mittelstürmer Ward! Genau in die Schnittstelle zwischen den beiden hochgewachsenen Innenverteidigern des VfB.

Jack schirmt den Ball geschickt mit dem Körper ab, tankt sich in den Strafraum, zieht ab und ... der Torwart ist geschlagen. Halbhoch schlägt der Ball im Netz ein, das ist der Ausgleich!

Das Stadion explodiert! Jack kommt zu dir und bedankt sich für die Vorlage. Lanzendörfer reckt den Daumen in deine Richtung. Doch er brüllt auch schon wieder Kommandos. Nicht lockerlassen, ein Unentschieden ist viel zu wenig! Ihr befolgt die taktische Marschroute, bleibt geduldig. Der VfB igelt sich noch mehr ein. Inzwischen läuft schon die 85. Minute. Sollst du jetzt nicht doch mehr riskieren?

Wenn du offensiver wirst, lies auf Seite 41

Wenn du weiter absicherst, lies auf Seite 97

Voll drauf ... aber du fabrizierst eine Kerze, der Ball landet im zehnten Stock, da liegt ja schon fast Schnee drauf! Chance versiebt! Und wie – das ist wirklich ziemlich peinlich.

Ein Glück, dass dein FC bereits so hoch führt und es wirklich nicht darauf ankommt.

Deine Kollegen machen ein paar Witze über dich, aber den Spott hast du dir auch redlich verdient.

Am Ende steht es 7:0 für euch, die Borussen schleichen gedemütigt vom Platz, während ihr euch von euren Fans feiern lasst.

Dir ist kein Tor geglückt, aber du bist dennoch gut drauf. Immerhin war das euer höchster Saisonsieg, an dem du einen großen Anteil hattest.

Lies weiter in auf Seite 111

Endlich die eigenen vier Wände! Deine schicke neue Wohnung hat 120 Quadratmeter und die Miete beträgt ein kleines Vermögen. Aber was soll's? Genug Geld hast du jetzt ja.

Außerdem hat diese Luxus-Wohnanlage im Zentrum der Großstadt noch einen gewaltigen Vorteil: Zwei andere Fußballer vom FC haben dort ebenfalls ihre Wohnungen. Ihr seid Nachbarn, wie cool!

Bei den beiden handelt es sich um Ben Meyer und Marco di Nevio. Beide sind Stürmer und stammen aus der Nachwuchsabteilung des FC. Sie sind ungefähr in deinem Alter und kennen sich im Gegensatz zu dir nicht nur auf dem Trainingsgelände des FC, sondern auch in der Stadt bestens aus.

»He, kommst du heute Abend mit in die Altstadt?«, fragen sie dich, als du gerade einen Karton mit deinen Klamotten in deine neue Bude schleppst.

»Nee, morgen ist Training, da will ich fit sein.«

Marco winkt ab. »Kein Problem!« Er lacht dich an. »Es wird eh nicht allzu spät werden.«

Und Ben meint: »Da gibt es einen ganz neuen Laden. Super Musik, tolle Mädchen – du *musst* einfach mitkommen!«

Du wirst nachdenklich. Vor dem allerersten Training abends ausgehen? Aber wenn du nicht mitgehst, halten dich die beiden bestimmt für einen blöden Streber …

Wenn du mit Marco und Ben losziehst, lies weiter auf Seite 62

Wenn du lieber früh schlafen gehst, um fit fürs Training zu sein, lies weiter auf Seite 91

Kurz darauf zappelt die Kugel dann aber doch im Netz der Gegner – einmal mehr ist es euer Mittelstürmer Jack Ward, der den Ball dort versenkt hat. Sehr gut.

Jetzt muss euer Gegner ein bisschen mehr tun, um die drohende Heimpleite abzuwenden. Die Spieler gehen nun ganz anders zur Sache. Ihnen ist jedes Mittel recht, um an den Ball zu kommen. Da der Schiri sehr großzügig pfeift, werden die Aktionen immer ruppiger. Darunter hast vor allem du zu leiden.

Kowalcik, einer der beiden defensiven Abräumer im Mittelfeld der Ruhrgebiets-Truppe, nietet dich regelmäßig um. Als du dich beim Schiri beschwerst, schickt der dich nur genervt weg. Und Kowalcik zischt dir zu: »Hör auf zu weinen, Püppi.«

Kurz vor dem Ende der Partie, ihr führt immer noch mit 1:0, wirst du erneut rüde von Kowalcik gelegt. Der Schmerz ist fürchterlich, aber du kannst weitermachen. Wieder gibt es keine Karte für den Treter. Aber immerhin bekommt ihr einen Freistoß. Torentfernung: 30 Meter. Zezinho legt sich den Ball zurecht. Du orientierst dich in den Strafraum. Kowalcik begleitet dich.

»Na, Püppi?«, sagt er grinsend. Jetzt steht ihr wie ein Pärchen zusammen und wartet auf die Hereingabe von Zezinho.

Kowalcik zupft an deinem Trikot. Du versuchst ihn abzuschütteln, aber er packt noch fester zu. Es reicht dir allmählich. Du schaust zum Schiri. Der hat nur Zezinho und die Mauer im Blick.

Wenn du Kowalcik einen verdeckten Stoß verpasst, um dir Platz zu verschaffen, lies weiter auf Seite 55

Wenn du das lieber lässt, lies weiter auf Seite 44

Das wird zwar eine ganz harte Nummer, aber du packst es. Okay, danach bist du mehr als fix und fertig, als du schließlich auf das Trainingsgelände zutaumelst, aber Lanzendörfer, der nach wie vor ganz locker hinter dir hertänzelt, schenkt dir ein aufmunterndes Lächeln.

»Du musst an deiner Kondition arbeiten«, rät er dir.

Das lässt du dir nicht zweimal sagen. Nach dem eigentlichen Training drehst du jetzt immer noch ein paar Extrarunden. Der Erfolg lässt nicht lange auf sich warten. Deine Kondition wird immer besser. Davon profitierst nicht nur du, sondern auch das ganz Team.

Lies weiter auf Seite 102

»Mann, sei doch nicht dumm!«, ruft Marco, als du ablehnst. »Wir schmoren morgen sowieso nur auf der Bank! Also dürfen wir doch heute Abend ein wenig Spaß haben.«

Aber du bleibst hart. Du bist Profi und als Profi muss man sich auch entsprechend professionell verhalten.

Abends bist du allein. Du skypst ein wenig mit einem der wenigen alten Freunde aus der Heimat, dann zappst du dich durch die TV-Programme. Aber egal was du tust, du bist nicht so richtig bei der Sache.

Nachdenklich tigerst du durch das Zimmer. Die Sache mit der Stammplatzgarantie will dir nicht aus dem Kopf gehen. Nach wie vor findest du Lanzendörfers Entscheidung irgendwie ungerecht. Aber ist sie nicht doch auch – zumindest aus der Sicht des Trainers – nachvollziehbar?

Du lässt dich auf einen Stuhl plumpsen und grübelst. Und auch wenn du weiter schmollen wirst, so sitzt der Coach am längeren Hebel. Wenn er dich nicht aufstellen will, dann stellt er dich nicht auf. Aus, Feierabend. Du kannst Lanzendörfer nicht erpressen, nach dem Motto: Wenn du mich nicht immer aufstellst, renne ich zur Presse und schwärze dich bei den Reportern an. Der Schuss würde nach hinten losgehen!

Dir wird klar, dass es nur an dir selbst liegt, deine Lage zu verändern und zu verbessern.

Deshalb gibst du dir einen Ruck, springst über deinen Schatten und entschuldigst dich nun doch beim Trainer.

Lies weiter in auf Seite 115

Du lässt sie kommen, tanzt den ersten Gegner locker aus und willst den zweiten tunneln – dann wäre Marco, der gerade rechts in den Strafraum läuft, frei!

Doch es geht schief. Der zweite Gegner fängt deinen riskanten Pass ab. Dann geht es wieder blitzschnell. Ein endlos weiter Pass erreicht wie beim 0:1 den gegnerischen Stürmer und erneut beweist der Typ, dass er vor dem Tor eiskalt ist: 1:2 …

Du lässt den Kopf hängen. Oje, dein Fehlpass war der Ausgangspunkt für den Konter, der euch auf die Verliererstraße gebracht hat.

Lanzendörfer tobt und Schmidt baut sich vor dir auf. »Warum zum Henker spielst du so einen dummen Pass? Du hältst dich wohl wirklich für den neuen Messi, was?«

Die anderen Mitspieler strafen dich mit bösen Blicken oder Kopfschütteln.

Wenig später ist das Spiel zu Ende und die Sensation perfekt. Der Aufsteiger entführt drei Punkte aus eurem Stadion.

Später nimmt der Trainer dich zur Seite: »Du hast meine taktischen Anweisungen nicht befolgt, Tom.«

»Ich wollte doch nur … das Beste für das Team«, stotterst du.

»Mag sein«, erwidert Lanzendörfer. »Aber wenn hier jeder macht, was er will oder für richtig hält, haben wir keine Ordnung mehr im Team. So wie ich das sehe, kommt der Sprung in die erste Mannschaft für dich noch zu früh. Dir fehlt einfach noch die spielerische Reife. Tut mir leid, aber ab jetzt spielst du erst mal für unsere U23.«

ENDE

Die Winterpause steht kurz bevor. Es ist der 17. Spieltag, das Finale der Hinrunde. Mittlerweile bist du Stammspieler beim FC und hast in den vergangenen Partien drei Treffer erzielt.

Jetzt geht es bei Dauerregen und Temperaturen um fünf Grad gegen den SC. Ihr wollt die Herbstmeisterschaft einfahren. Heute ein Dreier und der Drops ist gelutscht. In den bisherigen sechzehn Partien habt ihr zwölf Siege geholt, zweimal Remis gespielt und nur zweimal verloren: 38 Punkte bei einem Torverhältnis von 45 zu 20.

Der SC sollte heute nicht der große Stolperstein sein, schließlich dümpelt dieses Team im unteren Mittelfeld herum.

Die 23. Minute, es steht bereits 1:0 für euch dank eines Blitztores von Marco: Du marschierst in den gegnerischen Sechzehner und bekommst die Kugel von Calliuby, dem weit aufgerückten Außenverteidiger. Du schirmst den Ball geschickt mit dem Körper ab und bittest deinen Gegenspieler zum Tanz. Dein leichtfüßiger Gegner bleibt an dir dran und drängt dich bis fast zur Torauslinie ab. Jetzt kommt ihm ein zweiter Verteidiger zu Hilfe. Die SCler nehmen dich in die Zange, der Winkel ist verdammt spitz, ein Abspiel kaum möglich …

Wenn du aus dieser schwierigen Position aufs Tor schießt, lies weiter auf Seite 83

Wenn du den Kontakt zu den Verteidigern suchst und auf einen Elfmeter-Pfiff hoffst, lies weiter auf Seite 51

Verdammt, ein Unentschieden gegen diesen Außenseiter wäre doch voll peinlich! Wer nicht wagt, der nicht gewinnt …

Wieder hast du die Kugel, ziehst zum Strafraum des VfB. Der Ball klebt an deinem Fuß, deine Mannschaft folgt dir, ihr seid hoch aufgerückt.

Der VfB spielt auch jetzt ein aggressives Forechecking. Zwei seiner Spieler greifen dich an. Ein Gedanke zuckt durch deinen Kopf. Blitzschnell musst du eine Entscheidung treffen: Sollst du ins Dribbling gehen, um die beiden Gegner zu binden? Dann wäre einer eurer Stürmer womöglich frei …

Oder sollst du lieber schnell abspielen?

Wenn du dribbelst, lies weiter auf Seite 39

Wenn du rasch abspielst, lies weiter auf Seite 81

Es fällt dir verdammt schwer, aber du lehnst das großzügige Angebot ab.

Möller kann dich nicht verstehen, aber du bleibst hart.

Dass du eine richtige Entscheidung getroffen hast, erfährst du nur wenige Tage später. Dein Kumpel Ben verursacht mit seinem Sportwagen einen Unfall. Grund: überhöhte Geschwindigkeit. Ben erleidet bei dem Crash eine komplizierte Verletzung am Bein, die ihn monatelang außer Gefecht setzt. Daher ist er erst einmal raus aus dem Team.

Lies weiter auf Seite 48

Du bist immer gut damit gefahren, deinen Eltern in solchen Dingen zu vertrauen. Also tust du es auch diesmal. Denn dieser Klöver will bestimmt nur an deine Kohle.

Ihr geht runter ins Wohnzimmer und setzt euch mit deiner Mutter zusammen. Im Gegensatz zu deinem Vater und dir versteht sie was von Zahlen, Vertragsklauseln usw. Als Bürokauffrau hat sie schließlich auch in der Firma damit zu tun.

Es dauert mehrere Stunden und einige Internetrecherchen, bis alles klar ist. Außerdem telefonieren deine Eltern mit einem befreundeten Anwalt. Er lässt sich von euch die Unterlagen mailen, arbeitet sie durch und rät dazu, die Papiere in der vorliegenden Form zu unterschreiben.

Mit einem glücklichen Grinsen setzt du deine Unterschrift unter den Vertrag. Jetzt bist du Profi beim FC!

»Um die Werbeverträge, Sponsoren und so weiter kümmern wir uns später«, kündigen deine Eltern an. »Mach du erst mal ein paar gute Spiele, dann kommen die Unternehmen ganz von allein auf dich zu.«

Jaja, denkst du nur. Das ist doch alles nicht so wichtig.

Wichtig ist auf dem Platz!

Lies weiter auf Seite 23

Der Ball segelt in den Sechzehner, Kowalcik hält, klammert, zupft und hindert dich so an einem Kopfball. Wieder sieht der Schiri nichts.

Vielleicht will er es auch nicht sehen, schießt es dir durch den Kopf. So blind kann man doch gar nicht sein! Wie dem auch sei, die Freistoßchance ist verpufft.

Kowalcik bearbeitet dich weiter mit allen miesen Tricks. Vor die Füße spucken, am Trikot ziehen, anpöbeln, ausgefahrene Ellbogen und fiese Tritte – alles dabei.

In der Nachspielzeit jagst du über den linken Flügel. Von der Seite fliegt der Treter mit offener Sohle heran – du springst hoch und der Kerl rauscht unter dir hindurch. Er hat so viel Speed, dass er in die Werbebande kracht!

Aus vollem Lauf flankst du nach innen, findest aber keinen Abnehmer.

Dann pfeift der Schiri ab. Ihr habt gewonnen, super! Du hast eine gute Leistung geboten.

Und Kowalcik? Der hat sich bei seiner fiesen Grätsche selbst verletzt und humpelt jetzt vom Platz.

»Hat Püppi Aua?«, sagst du auf dem Weg in die Kabinen zu ihm.

Später hält dir ein TV-Reporter ein Mikrofon unter die Nase: »Wie haben Sie das Spiel gesehen? War's ein verdienter Sieg?«

Wenn du die Gelegenheit nutzt, um den unfähigen Schiri zu kritisieren, lies weiter auf Seite 101

Wenn du lieber kein Wort über den schwachen Schiri verlierst, lies weiter auf Seite 86

Das Stadion brodelt. Eure Fans brüllen und die von der Heimmannschaft pfeifen, während du auf das gegnerische Tor zustürmst. Lanzendörfer ist aufgesprungen und wedelt wild mit den Armen. Doch all das nimmst du gar nicht wahr. Du hast nur Augen für die Situation, für den Moment.

Für dein erstes Tor.

Vielleicht.

Hoffentlich.

Der Keeper stürmt heraus und macht sich vor dir breit. Sollst du versuchen ihn zu tunneln? Oder lieber einen Schlenzer oder … die Königsklasse, das schönste Tor, das frechste Ding: einen Lupfer aus vollem Lauf?

Du entscheidest dich für den Lupfer, hebst den Ball über den Torwart, der gerade runtergeht, um nicht getunnelt zu werden, und seine Arme dabei ausfährt wie ein Krake. Du springst hoch und segelst über den Keeper hinweg. Im Flug beobachtest du den Ball. Er fliegt auf das leere Tor zu!

Erst jetzt hörst du den Jubel eurer Fans, die den Ball förmlich in die Kiste hineinschreien wollen, und das Kreischen der entsetzten Fans der Heimmannschaft, die den Rückstand fürchten.

Klatsch!

So klingt es, wenn ein Ball auf die Latte fällt. Verdammt, was für ein Pech! Du musst weiter auf dein erstes Tor warten.

Während der Ball von der Latte ins Toraus trudelt, schlägst du die Hände vors Gesicht.

Lies weiter auf Seite 36

Bloß keine Schlägerei!

»Er meint es nicht so, er ist nur ein bisschen zu gut drauf heute Abend«, sagst du mit einiger Überwindung zu dem Mistkerl, der sich damit zufriedengibt.

Dann ziehst du Marco aus der Schusslinie.

»Chill mal und mach keinen Quatsch!«, zischst du deinem Freund zu. »Stell dir vor, du verletzt dich bei einer Prügelei. Dann ist es vielleicht für immer vorbei mit dem Fußball.«

Schließlich lässt sich Marco beruhigen. Du kannst ihn dazu bewegen, in ein anderes Lokal umzuziehen, wo es wesentlich ruhiger und vor allem friedlicher zugeht.

Noch vor Mitternacht seid ihr wieder zu Hause.

Lies weiter auf Seite 115

Yes, endlich wieder ein Bundesligaspiel, endlich brennt wieder die Hütte! Der 11. Spieltag steht an und euer heutiger Gegner, die Borussia, dümpelt im Mittelfeld vor sich hin, während du und dein FC vom Platz an der Sonne grüßen.

Lanzendörfer, der alte Fuchs, hat dich als hängende Spitze aufgestellt, als falsche Neun. Sehr schön, hoffentlich gelingt dir heute endlich dein erstes Bundesliga-Tor.

Dein Gegenspieler von der Borussia ist ein ziemlich hölzerner Typ: sehr groß und kräftig, aber nicht besonders beweglich und technisch eher schwach. Er tapst über den Platz wie ein Tanzbär. Immerhin verfügt er über eine Menge Erfahrung und ist dir daher manchmal einen Schritt voraus.

Schon zur Pause führt ihr mit 3:0. Das Publikum feiert euch. Du machst bisher ein ordentliches Spiel, aber kein überragendes. Und vor allem hast du kein Tor erzielt.

Du bist ein wenig unzufrieden und nimmst dir für die zweite Halbzeit noch mehr vor. Deine erste Bude muss her!

Jack und Marco erhöhen schon bald auf 5:0 – was für ein Schützenfest! Aber dir will einfach kein Treffer gelingen. Mehrfach versuchst du es, aber entweder ist der Borussenkeeper zur Stelle oder du schießt daneben. Allmählich wirst du sauer.

Wieder hast du den Ball im Mittelfeld und wieder stellt sich dir dein kantiger Gegenspieler in den Weg.

Wenn dir schon kein Tor gelingen will, könntest du wenigstens ein wenig zaubern – der unbewegliche Typ wäre genau richtig dafür, oder?

Wenn du mit einem hübschen Trick auf YouTube landen willst, lies weiter auf Seite 13

Wenn du weiter auf deine nächste Torchance lauerst, lies weiter auf Seite 79

Den folgenden Diskussionen zwischen dem Schiedsrichter und den gegnerischen Spielern gehst du lieber aus dem Weg und hältst dich ein wenig abseits.

Endlich beruhigt sich die Lage wieder. Murrend räumt euer Gegner den eigenen Strafraum, damit euer Elferschütze ungestört antreten kann.

Mannschaftskapitän Schmidt ist euer Elfmeterschütze Nummer eins. Er hat Nerven aus Stahl und einen strammen Schuss.

Schon schnappt er sich den Ball, um ihn auf den Punkt zu legen.

Doch du stellst dich ihm in den Weg.

»Lass mich mal«, forderst du und nimmst ihm die Kugel aus den Händen.

Schmidt schaut dich irritiert an. »Was soll das?«

»Ich bin gut drauf, ich nagel den rein«, kündigst du selbstbewusst an. »Ich habe den Elfer schließlich auch rausgeholt.«

Schmidt zuckt nur mit den Schultern. »Na und? Außerdem weißt du ja: Der Gefoulte sollte niemals selbst den Elfer schießen.«

Wenn du Schmidt den Vortritt lässt, lies weiter auf Seite 58

Wenn du versuchst dich durchzusetzen, lies weiter auf Seite 106

Du spürst ein ganz leichtes Zupfen an deinem Trikot – das ist die Chance! Wie vom Blitz getroffen gehst du zu Boden, hältst dir das Bein und forderst lautstark einen Elfer. Was für eine geniale Show-Einlage! Und was noch genialer ist: Der Schiri fällt drauf rein! Schon ertönt sein Pfiff und er zeigt auf den Punkt.

Die SC-Verteidiger umringen dich drohend und nennen dich einen miesen Schauspieler. Sofort eilen dir Kapitän Schmidt und ein paar andere aus deinem Team zu Hilfe. Rudelbildung!

Mit einiger Mühe und zwei gelben Karten für den SC kann der Schiri die Situation beruhigen.

Dann tritt Schmidt zum Elfmeter an. Euer Mannschaftskapitän prügelt das Leder mittig unter die Latte. Selbst wenn der Keeper drangekommen wäre, seine Hand wäre samt Ball ins Netz geflogen!

Sehr schön, das war das 2:0.

Doch nicht alle finden das so schön wie du. Zum Beispiel euer Trainer. In der Pause faltet er dich zusammen: »Tom, du hast dich fallen gelassen, das habe ich genau gesehen. Das hast du doch gar nicht nötig. Und auch der FC hat es nicht nötig, mit miesen Tricks zu gewinnen.«

Da wirst du plötzlich nachdenklich.

»Ich will nie wieder so etwas von dir sehen«, sagt Lanzendörfer hart. »Ich hoffe, wie haben uns verstanden.«

O ja, du hast es kapiert. Du nimmst dir vor, dich nie wieder so unsportlich zu verhalten.

Lies weiter auf Seite 26

Deine Eltern loben dich, deine Freunde freuen sich – du bleibst einer von ihnen, du bleibst auf dem Teppich. Du kaufst dir einen gebrauchten Kleinwagen mit 70 PS für 8.999 Euro und fährst jeden Tag in die Großstadt, um am Training teilzunehmen und dich auf deinen ersten Einsatz in der Bundesliga vorzubereiten. Jeden Morgen um 5:30 Uhr stehst du auf, um dich bloß nicht zu verspäten, denn rund um die Großstadt gibt es morgens lange Staus. Du brauchst immer mindestens zwei Stunden, bis du auf dem Trainingsgelände des FC bist. Manchmal auch länger. Da du nichts falsch machen willst, planst du immer drei Stunden für den Weg ein. Die Folge: Du bist ständig übermüdet. Aber das ist dir egal, denn du lebst deinen großen Traum und dafür bist du bereit, alles zu geben.

An einem Sommerabend zwei Wochen vor dem ersten Spieltag kehrst du todmüde vom Training nach Hause zurück.

Als du die Sporttasche aus dem Kofferraum des Autos zerrst, schlendern deine alten Kumpels Tobi, Flo und Walze vorbei. Die drei sind nach dem Schulabschluss auch im Ort geblieben. Jeder von ihnen macht derzeit eine Lehre.

»Hi, Tom, kommst du mit zum Kicken?«, fragt Flo, der einen Ball unter den Arm geklemmt hat.

»Nee, ich bin total kaputt«, wehrst du ab.

»Ach komm, nur ein bisschen bolzen. Wie früher«, ruft Flo.

Du schüttelst den Kopf. Dir tun wirklich alle Knochen weh. Das Training unter deinem neuen Trainer Lanzendörfer ist knallhart, die Umstellung von der dritten zur ersten Liga gewaltig.

Flos Miene verfinstert sich. »Was ist denn mit dir los? Früher hast du doch auch gerne mit uns gekickt.«

»Vielleicht sind wir ihm jetzt nicht mehr gut genug«, ruft Walze und lacht.

Auch Tobi grinst. »Ja, klar. Schließlich spielt unser Tom ja jetzt beim großen FC!«

Wieder schüttelst du den Kopf. »Quatsch, ich bin einfach nur müde.«

Flo verzieht das Gesicht, als habe er Zahnschmerzen. »Erzähl doch keinen Mist. Seitdem du beim FC bist, sieht man dich kaum noch. Wann hast du denn das letzte Mal mit uns gespielt oder einfach mal mit uns abgehangen?«

Du kramst in deinem Gedächtnis. Hm ...

»Genau, du hast es vergessen«, ruft Flo. »Und weißt du auch, warum? Es ist einfach schon zu lange her.«

»Ich habe nun mal ein megavolles Programm«, verteidigst du dich etwas lahm.

Flo winkt ab. »Du bist dir wohl zu fein, um mit uns zu kicken. Vielleicht hast du auch Angst, dass ein Bauerntrampel wie ich dich umgrätscht und deine ach so wertvollen Knochen kaputt macht.«

»O Mann, lass mich mit dem Quatsch in Ruhe«, sagst du ärgerlich und willst mit deiner Tasche ins Haus.

Spöttisch verneigt sich Flo vor dir: »Dann wollen wir den Superstar mal nicht aufhalten. Schönen Abend noch.«

Wort- und grußlos lässt du deine Freunde von früher stehen und gehst ins Haus. Deine Eltern sind noch auf der Arbeit.

Was deine Freunde gesagt haben, ist der absolute Murks!, denkst du wütend, als du dich in deinem Zimmer aufs Bett fallen lässt.

Du hockst dich hin und checkst erst mal Facebook.

Irre, schon wieder sind es über einhundert neue Nachrichten ...

Irgendeine Laura postet, dass sie total stolz auf dich ist, weil du jetzt beim FC kickst.

Wer ist Laura?, überlegst du.

Und eine Sandra mailt, dass du sie doch bitte heiraten sollst. Der Satz ist eingerahmt von Herzchen und Smileys.

Ach, du Schreck!, denkst du und legst schnell das Handy weg. Wie sind die denn drauf?

Deine Freunde aus dem Dorf fallen dir wieder ein. Sind sie neidisch oder eifersüchtig? Oder sind sie einfach nur enttäuscht von dir, weil du so wenig Zeit für sie hast? Aber was sollst du denn tun? Du kannst dich doch schließlich nicht zerreißen!

In diesem Moment klingelt es an der Haustür. Wer kann das sein – etwa Flo, Walze und Tobi, die dir noch mal ihre Meinung sagen wollen? Darauf hast du jetzt echt keine Lust, deshalb gehst du erst mal runter zum Küchenfenster. Von dort kann man den Eingang sehen.

Da steht eine junge hübsche Frau mit einer Kamera. Auf der Straße parkt ein Auto mit der Aufschrift einer großen Boulevardzeitung.

Klarer Fall, das ist eine Journalistin. Hm ... morgen ist wieder Training und du willst eigentlich nur noch eins: dich ausruhen, um am nächsten Tag fit zu sein.

Wenn du die Tür öffnest, lies weiter auf Seite 84

Wenn du das Klingeln ignorierst, um dich ganz auf den Fußball zu konzentrieren, lies weiter auf Seite 91

Zezinho bringt den Ball hoch in den Strafraum.

Zack! Dein Ellenbogen bohrt sich in die Seite von Kowalcik, der zusammenklappt wie ein Schweizer Taschenmesser. Endlich hast du etwas Raum und steigst hoch zum Kopfball. Du triffst den Ball mit der Stirn – perfekt! Und das Ding ist drin! Ein herrliches Kopfballtor von dir!

Jubelnd drehst du ab, während vor allem Kowalcik wütend protestiert.

»Püppi Tor gemacht!«, rufst du ihm lächelnd zu.

Doch was ist das?! Der Schiri gibt den Treffer nicht! Aber warum?

Du siehst, wie sich der Schiri mit einem seiner Assistenten unterhält. Dann kommt er zu dir und zückt – o nein – die Rote Karte!

Dem Schiri ist dein Ellbogencheck entgangen, nicht aber seinem Assistenten an der Seitenlinie. Platzverweis! Du bist stinkwütend – vor allem auf dich selbst. Aber da bist du nicht der Einzige. Auch der Trainer und deine Mannschaftskollegen haben null Verständnis für deine Unfairness und Dummheit.

Im Nachhinein wirst du für drei Spiele gesperrt. Ohne dich muss euer Trainer Lanzendörfer die Taktik umstellen. Mit Erfolg: Die nächsten drei Spiele gewinnt der FC ohne Probleme. Und da Lanzendörfer an der neuen Startaufstellung nichts ändern will, ist für dich nun kein Platz mehr im Team. Du bist raus. In der Winterpause lässt du dich zu einem Zweitligisten verleihen, um etwas Spielpraxis zu sammeln. So hattest du dir deine erste Saison als Profi nicht vorgestellt!

ENDE

Du greifst dir an den Oberschenkel. »Trainer, ich glaube, der Muskel macht zu.«

»Okay, dann mach mal lieber Schluss für heute«, meint Lanzendörfer. »Und lass dich vom Doc durchchecken.«

Dankbar marschierst du zum Trainingsgelände zurück.

Der Mannschaftsarzt findet bei dir erwartungsgemäß nichts und so steht dem Einsatz im nächsten Bundesligaspiel nichts im Wege.

Denkst du.

Denn Lanzendörfer streicht dich aus dem Kader! Als du protestierst, sagt der Trainer nur: »Du hast mir doch gesagt, dass du muskuläre Probleme hast. Und ich kann keinen angeschlagenen Spieler einsetzen. Das wäre unverantwortlich.«

Verflucht!, denkst du. Hat Lanzendörfer deine Schauspieleinlage beim Waldlauf durchschaut und will dir eine Lektion erteilen?

Du bist total sauer. Was sollst du jetzt machen?

Wenn du dich beim Training jetzt besonders reinhängst, lies weiter auf Seite 99

Wenn du dich bei deinen Mitspielern Ben und Marco über deine ungerechte Behandlung beschwerst, lies weiter auf Seite 24

Am nächsten Morgen erwachst du frisch und ausgeruht.

Ob es Marco genauso gut geht?, überlegst du beim Anziehen.

Wohl kaum, denkst du und musst grinsen. Marco, das Partybiest.

Nach dem Frühstück fährst du den Laptop hoch. In den letzten Monaten hast du es dir zur Angewohnheit gemacht, regelmäßig die Schlagzeilen der Presse zu studieren. Oft genug wird auf den Sportseiten sehr positiv über dich berichtet.

Auch heute steht ein langer Bericht über dich in einer großen Boulevardzeitung.

Du wirst bleich, als du liest, was da in riesigen Buchstaben steht:

BETRUNKENE FC-STARS PRÜGELN SICH IN DISCO

O Gott! Da sind ja auch Fotos von dir und Marco. Verwackelte, unscharfe Bilder, offenbar mit einem Handy gemacht. Aber so mies die Qualität der Fotos auch sein mag – ihr seid deutlich zu erkennen.

Und ein Video kann man sich ebenfalls anschauen. Irgendjemand hat die Klopperei sogar gefilmt!

Mit einem flauen Gefühl fährst du den Rechner herunter. Und jetzt?

Die Entscheidung wird dir abgenommen. Dein Handy bimmelt.

Es ist Lanzendörfer.

»Tom, ich erwarte dich in einer halben Stunde auf der Geschäftsstelle«, sagt er nur.

Lies weiter auf Seite 88

Wo Schmidt recht hat, hat er recht. Außerdem willst du keinen Ärger mit dem Mannschaftskapitän haben.

Schmidt legt sich den Ball zurecht, nimmt fünf Schritte Anlauf, rennt los, verzögert kurz ... und ... nein!

Der Keeper hat die Ecke geahnt und kann artistisch abwehren.

So eine Pleite. Schmidt rauft sich die Haare und du schüttelst nur den Kopf. Hätte er doch mal dir den Ball überlassen.

Du bist dir sicher: Den hättest du reingehauen!

Hätte, hätte, Fahrradkette. Das bringt nichts und das weißt du auch. Du musst in Zukunft noch selbstbewusster auftreten und noch mehr Verantwortung übernehmen, auch beim Elfmeter.

Voller Wut drehst du auf und es wird endgültig dein Spiel.

Und was für eins! Du schnürst deinen zweiten Doppelpack der Saison, wirst zum Matchwinner. Wieder gehören alle Schlagzeilen dir. Du bist der neue Superstar!

Lies weiter auf Seite 71

Das Tischtuch zwischen dir und Lanzendörfer ist zerrissen. Er ist enttäuscht, dass sich ein großes Talent wie du so ablenken lässt.

Das siehst du natürlich ganz anders. Es gibt schließlich auch noch ein Leben außerhalb des Platzes. Und wer weiß, wie lange Lanzendörfer überhaupt noch Trainer beim FC ist. Schließlich ist er schon ziemlich alt und immer mehr Fans wünschen sich einen jüngeren und moderneren Trainer. Das wünschst du dir auch: einen Trainer, für den du dich nicht verbiegen musst!

Lanzendörfer sitzt jedoch am längeren Hebel. Er hat dich degradiert. Lustlos kickst du in der zweiten Mannschaft. Hier bist du völlig unterfordert, glaubst du. Aber da irrst du dich. Denn auch in dieser Liga wird viel verlangt. Ein Partybiest im Sportflitzer tut sich auch hier schwer und du landest auf der Bank – welch eine Schmach!

Doch du lässt dich nicht unterkriegen. Du hast einen Vertrag und der FC muss dir dein fettes Gehalt weiterzahlen – auch wenn du in der Sauna statt auf der Ersatzbank sitzt. So einfach ist das.

Und bis dahin: Party! Jetzt erst recht!, denkst du.

Dein cooles Auto lässt du dir von niemandem wegnehmen.

Nach einer hübschen Sause in einer Nobeldisco stehst du frühmorgens mit deinem Sportwagen an einer roten Ampel.

Eine aufgemotzte Karre hält neben dir, die Scheibe geht runter und der Fahrer ruft dir zu: »Na, wenn das nicht der neue Messi ist! Oder bist du der neue Vettel? Wie wär's? Wer als Erster an der nächsten Ampel ist!«

Ha, was für ein Depp!, denkst du dir. So eine Provokation lässt du dir nicht gefallen.

Die Ampel springt auf Grün und du drückst das Gaspedal voll durch. Der Motor heult auf und du schießt los. Dein Blick gilt nur dem Drehzahlmesser. Klack, klack, klack – mit der Wippe am Lenkrad schnippst du die nächsten Gänge rein wie in einem Formel-1-Wagen.

Dann schaust du zur Seite. Der andere Typ ist gleichauf. Die Tachonadel geht immer höher: 100, 110, 120!

Flash! Das war ein Blitzer!

Mist, du bist ja in der Stadt unterwegs, das könnte also teuer werden. Aber was soll's, den Strafzettel bezahlst du aus der Portokasse.

130, 140, 150! Yes!

Die nächste Ampel kommt näher, aber noch immer lässt sich der Heini neben dir nicht abschütteln.

Da tuckert von rechts ein Kleinwagen heran.

O Gott! Du hupst, blendest mit den Scheinwerfern auf. Um einen Crash zu vermeiden, müsstest du jetzt nach links ausweichen. Doch da ist kein Platz, sondern die Karre deines Gegners! Du trittst voll auf die Bremse, dein Auto gerät ins Schleudern. Du drehst dich um die eigene Achse und schlitterst über die Straße! Zwar kannst du einen Zusammenstoß mit dem Kleinwagen verhindern, aber nicht mit einer Straßenlaterne ...

Du wachst im Krankenhaus auf. Die Diagnose ist niederschmetternd: Schien- und Wadenbeinbruch, dazu jede Menge Schnittwunden und ein Schleudertrauma. Zudem ist das Auto völlig kaputt. Dein Führerschein ist natürlich auch weg.

Vor dir liegen viele Monate in der Rehaklinik, die Saison ist damit natürlich beendet.

ENDE

Du spielst den Ball ins Seitenaus und winkst in Richtung Bank. Sofort eilen die Betreuer herbei. Der Doc tastet dein Knie ab. Als er auf eine bestimmte Stelle drückt, durchzuckt dich erneut ein starker Schmerz.

»Du musst ins Krankenhaus«, sagt der Arzt zu dir. »Dort checken wir dich durch.«

Dir wird schlecht. Krankenhaus? Eventuell sogar eine OP? Tausend Gedanken schießen dir durch den Kopf, als du vom Platz gehst. Immerhin kannst du das Knie noch gut belasten. So schlimm wird es nicht sein, hoffst du.

Tatsächlich ist alles halb so wild. Du hast nur eine Bänderdehnung erlitten und kannst nach dreiwöchiger Pause wieder voll einsteigen.

»Es war gut, dass du auf deinen Körper gehört und die Warnsignale nicht ignorierst hast«, sagt der Mannschaftsarzt zu dir. »Wenn du weitergespielt hättest, hätte die Verletzung schwerer ausfallen können.«

Lies weiter auf Seite 94

Ihr nehmt Marcos tiefergelegten und aufgemotzten Wagen und düst in die Innenstadt. Der angesagte Laden nennt sich schlicht *Loft*. Vor der Tür steht ein Typ, der einen Kopf größer ist als du und ein doppelt so breites Kreuz hat. Als du mit Ben und Marco näher kommst, beobachtest du, wie der Schrank von einem Türsteher zwei junge Typen abweist.

Als er deine beiden neuen Freunde sieht, erscheint ein Grinsen auf seinem Gesicht. »Oh, ihr seid es! Schön, dass ihr mal wieder vorbeischaut«, grüßt er.

Ben und Marco grinsen zurück und deuten auf dich. »Das ist Tom, der gehört zu uns.«

Der Türsteher mustert dich genau. »Cool«, sagt er. »Von dir habe ich schon gehört. Willkommen im Club!«

Dass dich der Typ erkennt, freut dich natürlich. Schon winkt der Riese euch in die Bar.

Schummriges Licht erwartet dich. Es fällt auf Ledermöbel und einen geschwungenen Tresen mit einer riesigen Spiegelfläche dahinter. Bässe wummern aus gewaltigen Boxen. Junge Typen sind da, der Laden ist voll. Überall wird Champagner getrunken.

Wow, was für eine Welt!, denkst du nur, hältst aber die Klappe, um nicht wie ein dummes Landei dazustehen. Du machst einen auf lässig, schiebst dich mit Marco und Ben durch die Menge an den Tresen. Immer wieder klopfen euch Leute auf die Schulter.

»Wollt ihr einen Drink?«, fragt der Barkeeper. »Geht aufs Haus.«

Deine Freunde bestellen Cocktails mit ziemlich viel Alkohol. Du zögerst einen Moment. Alkohol bist du nicht gewohnt.

»Und du?«, fragt Ben.

Du willst kein Spielverderber sein, sondern cool. Also bestellst du das gleiche Zeug wie deine Freunde.

Lecker!, findest du, nachdem du den ersten Schluck genommen hast. Den Alkohol schmeckt man gar nicht, der Cocktail ist eher fruchtig.

Schnell seid ihr von vielen Leuten umringt. Einige wollen sogar ein Autogramm von euch. Mann, das ist einfach irre!

Die Stimmung ist fantastisch, du fühlst dich einfach nur gut. Zunächst hältst du dich zurück und überlässt Ben und Marco das Reden. Aber nach dem zweiten Cocktail wirst du lockerer, du taust regelrecht auf. Du lachst, du scherzt. Was für ein Leben!

Kurz darauf findest du dich auf der Tanzfläche wieder. Jetzt startet die Party richtig durch!

Die Zeit vergeht wie im Flug, stellst du fest, als du einen Blick auf die Uhr wirfst. Ups, es ist bereits kurz nach Mitternacht! Da steht auch schon der dritte Cocktail vor dir. Verdammt, das Zeug schmeckt aber auch teuflisch gut! Doch allmählich steigt es dir zu Kopf. Marco und Ben ist nichts anzumerken, die sind den Alkohol vielleicht eher gewohnt als du.

»Sollen wir jetzt nicht lieber nach Hause fahren?«, fragst du deine Freunde mit schwerer Zunge.

»Gleich, nur noch ein Gläschen!«, rufen sie.

Okay, dann eben noch ein Gläschen …

Gegen zwei Uhr morgens laden dich Marco und Ben in deiner schicken Wohnung ab. Du bist ziemlich hinüber, aber immerhin schaffst du es noch, den Wecker zu stellen.

Das Erwachen ist fürchterlich. Dein Kopf schmerzt, deine Augen sind verklebt.

Irgendwie gelingt es dir, pünktlich beim Training zu sein. Als ihr um den Platz joggt, um euch aufzuwärmen, wird dir prompt schlecht. Du taumelst hinter den anderen her. Bloß nicht auffallen!

Du bewunderst Marco und Ben, die sich viel besser halten als du. Nie wieder Party vor dem Training, schwörst du dir.

»He, Tom, komm mal her«, hörst du in diesem Moment Lanzendörfer rufen.

Tom? Das bist doch du, oder? Mann, Mann, Mann – reiß dich zusammen! Mist, der Coach meint wirklich dich! Hat er etwas gemerkt?

Mit einem schiefen Lächeln im Gesicht läufst du zu deinem Trainer.

Er mustert dich von oben bis unten. »Du siehst furchtbar aus«, sagt er hart.

Du zuckst nur mit den Schultern. Wo er recht hat, hat er recht …

»Wer ein Profi beim FC sein will, muss sich auch wie ein Profi verhalten«, meint Lanzendörfer.

»Klar, Trainer«, erwiderst du matt.

»Gar nichts ist klar. Jedenfalls bei dir nicht!«, schnauzt Lanzendörfer dich an. »Ich erwarte auch im Training volle Leistung, volle Konzentration, volle Power. Wer sich im Training nicht reinhängt, wer sich nicht aufdrängt für die Startelf, der ist ganz schnell raus. Der sitzt auf der Bank. Oder auf der Tribüne. So wie du beim ersten Saisonspiel!«

»Was … ich?«, fragst du verdattert.

»Ja, du!«, zischt Lanzendörfer. »Ich kann keine Spieler gebrauchen, die mein Training und damit den FC nicht ernst nehmen. Spieler, die ein enormes Gehalt bekommen, aber keine Gegenleistung bringen.«

»Aber ich ...«, protestierst du zaghaft, doch dein Coach lässt dich nicht ausreden.

»Sei ruhig!«, befiehlt er. »Ich bin lange genug in diesem Job, um zu erkennen, dass du gestern einen draufgemacht hast. Du schleichst ja regelrecht über den Platz, bist völlig kaputt. Wo warst du gestern Abend? Und ich gebe dir einen guten Tipp: Lüg mich ja nicht an!«

Du überlegst einen Moment, dann rückst du mit der Wahrheit heraus.

»Warst du allein dort? Oder war noch jemand aus dem Team bei dir?«, forscht Lanzendörfer nach.

Du bekommst weiche Knie. Sollst du Marco und Ben verpfeifen, um nicht doch lügen zu müssen? Du entscheidest dich dagegen.

»Okay, das will ich dir mal glauben«, sagt dein Trainer. »Aber eins ist klar: Ich kann ein derart unprofessionelles Verhalten nicht durchgehen lassen. Deshalb streiche ich dich für das erste Bundesligaspiel aus dem Kader.«

Mit gesenktem Kopf trottest du zu den anderen Spielern. Natürlich, du musst diese Strafe akzeptieren – und du schwörst dir: Du wirst nie wieder vor einem Training oder einem Spiel Party machen.

Lies weiter auf Seite 73

Du bleibst ruhig, du bleibst fair – du fügst dich in deine Rolle als Ergänzungsspieler. Wenn Zezinho, Santos oder Mannschaftskapitän Schmidt dir auf dem Platz gegenüberstehen, ziehst du eher zurück, als sie aggressiv anzugehen.

Das finden die natürlich ziemlich klasse, dein Trainer jedoch nicht.

»Mensch, Tom, du bist doch kein Begleitschutz. Hol dir den Ball!«, ruft er dir zu.

Doch dein Respekt vor den etablierten Stars des FC ist einfach noch zu groß.

Nach der Trainingseinheit nimmt Lanzendörfer dich zur Seite und meint: »Du musst eine bessere Balance finden, Tom. Die Balance zwischen Aggressivität und Fairness. Klar, du sollst hier niemanden umtreten, aber du musst den Ball auch wirklich wollen. Du musst die Partie an dich ziehen, denn du hast das Zeug zum Spielmacher. Aber ein Spielmacher braucht einen Ball. Also musst du ihn dir holen, ihn erobern. Du musst dich in diesem Team durchsetzen, wenn du mehr als ein Ergänzungsspieler sein willst.«

Du nickst betrübt.

»Lass den Kopf nicht hängen«, ermuntert Lanzendörfer dich. »Deine Zeit kommt schon noch. Aber beim nächsten Spiel wirst du erst mal auf der Bank sitzen.«

Lies weiter auf Seite 28

Haha, du wärst ja schön blöd, wenn du bei diesem Angebot nicht zuschlagen würdest!

Zwei Wochen später steht die edle Karre vor dir. O mein Gott, denkst du. Ein Traum! Du setzt dich hinters Steuer und düst los.

Irre, der Flitzer kommt dir vor wie eine sprungbereite Raubkatze. Was für eine Beschleunigung, was für eine Kurvenlage! Egal, wo du mit dem Ding aufkreuzt, alle Aufmerksamkeit gehört dir. Und wenn die Leute dann auch noch kapieren, wer da aussteigt – nämlich du –, wirst du sofort umringt. Was für ein Leben! Du bist der Star. Du genießt es in vollen Zügen. Abends besuchst du feine Lokale oder Bars, am Wochenende gehst du auch schon mal in die Disco – aber heimlich.

Lanzendörfer ermahnt dich, auf dem Teppich zu bleiben. Er erinnert dich daran, ein Leben als Fußballprofi zu führen. »Du bist kein Hollywoodstar, Tom!«

»Klar, Trainer, das weiß ich doch«, erwiderst du lachend.

Doch das süße Leben fordert seinen Tribut. Du bist oft unausgeschlafen, deine Leistungen im Training und bei den Spielen lassen nach.

Lanzendörfer ermahnt dich immer wieder, aber als das alles nichts nützt, verbannt er dich in die zweite Mannschaft.

Spinnt der?, denkst du wütend.

Wenn du dich besinnst und dich änderst, lies weiter auf Seite 109

Wenn du lieber darauf hoffst, dass es beim FC bald einen Trainerwechsel gibt, lies weiter auf Seite 59

Du nimmst den Ball geschickt mit der Brust an, lässt ihn auf den Boden tropfen und nagelst ihn unter die Latte. Was für ein Strahl!

Da ist es, dein erstes Tor – die Zuschauer reißt es von den Sitzen. Du reckst die Fäuste in den Himmel.

Ja, ja, ja! Deine erste Bude, was für ein Gefühl! Diesen Moment wirst du nie vergessen.

Das Stadion tobt, du wirst von allen gefeiert. Kurz darauf pfeift der Schiri ab, ihr habt haushoch gewonnen und du hast einen wunderschönen Treffer markiert.

Lies weiter auf Seite 111

Du kannst dich nicht zerreißen und der Fußball ist dein Leben, also konzentrierst du dich ganz auf deine Karriere beim FC.

Aber erst mal hast du jetzt zwei Wochen Urlaub. Das ist ja auch mal ganz nett und du hast es dir verdient.

Die Frage ist nur, wie du die Ferien verbringst. Euer Konditionstrainer Heppner bietet den Spielern ein freiwilliges Zusatzprogramm an. Laufen, sprinten – immer schön Vollgas, auch über die Feiertage.

Sollst du daran teilnehmen? Du telefonierst mit Marco.

»Bist du dabei?«, fragst du ihn.

»Ich bin doch nicht bekloppt!«, sagt Marco. »Mann, wir haben eine harte Hinrunde in den Knochen und unser Körper braucht auch mal eine Pause. Nee, ich regeneriere lieber.«

Wenn du seinem Beispiel folgst, lies weiter auf Seite 110

Wenn du dich doch überwindest und dich schinden lässt, lies weiter auf Seite 22

Nach dem letzten Spiel strotzt du nur so vor Selbstbewusstsein. Schmidt und ein paar andere begegnen dir beim Training eher kühl. Es scheint ganz so, als würden sie dich für egoistisch halten, für einen schlechten Teamplayer, der sich nicht an Regeln hält. Und eine dieser Regeln ist die Hackordnung im Team. Die ist zwar nirgendwo aufgeschrieben, aber es gibt sie dennoch – und eigentlich halten sich alle daran.

Nur du nicht. Das nehmen dir einige offensichtlich übel.

Aber da stehst du drüber und ignorierst deine Kritiker und deren Blicke einfach. Du bist eben kein normaler oder durchschnittlicher Spieler. Typen wie du müssen ihren eigenen Weg gehen, davon bist du überzeugt. Das bedeutet auch, dass sie sich nicht um irgendwelche althergebrachten Regeln kümmern. Leute wie du gehen neue und vielleicht auch ungewöhnliche Wege.

Und heute ist es Zeit für den nächsten Schritt auf diesem Weg. Du hast diese ewige Rotation satt, du willst eine Stammplatzgarantie von Lanzendörfer. Spätestens nach deiner grandiosen Leistung im letzten Spiel kann der Coach doch gar nicht mehr anders.

Nach dem Training kommt ein günstiger Moment. Als Lanzendörfer allein zu seinem Auto geht, trägst du ihm deine Bitte vor.

Der Coach schaut dich nachdenklich an. »Tom, du solltest mich eigentlich kennen. Niemand bekommt eine Stammplatzgarantie von mir.«

»Aber das ist nicht fair!«, begehrst du auf. »Ich bringe doch seit Woche Topleistungen und habe daher einen Stammplatz verdient.«

Lanzendörfer verschränkt die Arme vor der Brust. »Richtig, du bringst sehr gute Leistungen, Tom. Aber das ist auch selbstverständlich. Du bekommst ein sehr gutes Gehalt vom FC und da darf der Verein auch eine entsprechende Gegenleistung von dir und allen anderen in der Mannschaft verlangen. Das ist das eine«, sagt er. »Und das andere: Meinst du nicht, dass viele andere Spieler aus unserem Team ebenfalls einen Stammplatz verlangen könnten? Wie vielen Spielern soll ich das denn bitte versprechen? Und wie lange könnte ich diese Versprechen halten? Was tue ich, wenn einer schlecht spielt? Nein, Tom, ich entscheide von Spiel zu Spiel – und zwar nur nach Leistung und der aktuellen Verfassung.«

Mit diesen Worten lässt er dich stehen.

Du bist stinksauer. Als würden deine Leistungen bei den Spielen oder im Training schwanken – so ein Käse! In jedem anderen Bundesliga-Team würdest du immer zur Startformation gehören, nur nicht beim FC, beziehungsweise beim guten Herrn Lanzendörfer! Der traut der Jugend offensichtlich nicht allzu viel zu. Wütend gehst du zu deinem Auto. In diesem Moment taucht ein Reporter auf und winkt dir zu. Vermutlich will er ein Interview. Du willst dich eigentlich lieber verkrümeln – doch halt …

Wenn du dem Reporter steckst, dass Lanzendörfer die Jugend deiner Meinung nach nicht genügend fördert, lies weiter auf Seite 80

Wenn du dich trotz deines Ärgers weiter voll reinkniest, um gute Karten beim Trainer zu haben, lies weiter auf Seite 38

Es ist der 5. Spieltag. Dein FC hat dank neun Punkten aus den vergangenen drei Spielen die Tabellenspitze erobert. Heute habt ihr wieder ein Heimspiel: ein echtes Spitzenspiel, denn kein Geringerer als der aktuelle Tabellenzweite ist zu Gast. Der VfL war bereits in der letzten Saison Vizemeister und hat sich gut verstärkt. Die wollen es wissen. Vor allem ein Spieler: Maximilian »Maxi« Heidenreich, der in deinem Alter ist, als Nachwuchsspieler bereits die Nummer 10 trägt und ebenfalls als Megatalent gilt. Ihr habt euch bei einem Jugendturnier kennenglernet und könnt euch auf den Tod nicht ausstehen. Maxi ist ein Schnösel und ziemlich link – aber eben sehr talentiert.

Und du willst es heute auch wissen, denn zum ersten Mal stehst du in der Startelf!

Natürlich ist die Hütte voll. Auch deine Eltern und ein paar Freunde aus der alten Heimat sind da, darunter Tobi, Flo und Walze. Du hast ihnen VIP-Karten besorgt.

Von Anfang an macht ihr mächtig Druck. Schnell gelingt deinem Kumpel Marco das viel umjubelte 1:0. Die Vorlage kam von dir.

Noch vor der Pause könnt ihr auf 2:0 erhöhen. Alles läuft nach Plan und du lieferst bisher ein Bombenspiel ab. Du bist der Taktgeber, der Spielmacher.

Doch in der zweiten Halbzeit kippt die Partie. Irgendetwas ist in der Pause mit dem VfL passiert. Vielleicht hat der Trainer seine Spieler zusammengestaucht, vielleicht hat er ihnen auch eine Art Zaubertrank eingeflößt. Jedenfalls geht das Team jetzt ganz anders zur Sache.

In der 56. Minute patzt euer Keeper Wollny, als er eine Flanke unterläuft – schon steht es nur noch 2:1. Plötzlich macht sich bei euch Unsicherheit breit.

Das nutzt der VfL gnadenlos aus: In der 74. Minute klingelt es erneut in eurem Kasten. Der Ausgleich, so ein Mist! Ausgerechnet durch deinen Erzfeind Maxi Heidenreich. Lähmendes Entsetzen auf den Rängen und dem Rasen.

Maxi lächelt dir zu.

Nein!, denkst du dir. So nicht! Du willst dieses Spiel nicht aus der Hand geben.

Ihr gebt alles, ihr presst, grätscht, kämpft bis zum Umfallen. Der VfL hält dagegen, auch er will den Sieg. Das Publikum bekommt einen offenen Schlagabtausch geboten, beide Mannschaften sind heiß auf die drei Punkte.

89. Minute, noch immer nur 2:2. Du bist völlig kaputt, aber du brennst nach wir vor für den Erfolg.

Verteidiger Sestak bedient dich am eigenen Sechzehner, du stürmst nach vorn. Niemand stellt sich dir entgegen, aber die Spieler des VfL bauen zwei Fünferketten vor ihrem Strafraum auf.

Du ziehst nach links und schaust dich um. Keine Anspielstation. Torentfernung: 35 Meter. Du hast eine verdammt harte Klebe …

Wenn du einen Fernschuss probierst, um das Spiel zu entscheiden, lies weiter auf Seite 87

Wenn du lieber einen Flügelwechsel einleitest, lies weiter auf Seite 98

Du bist achtzehn, also kannst du selbst entscheiden, was für dich gut ist und was nicht.

»Nein«, widersprichst du deinem Dad. »Ich will es mit Klaus Klöver probieren.«

Dein Vater schaut dich überrascht an. Du siehst ihm an, dass er noch etwas sagen will, doch er verkneift es sich.

Wortlos verlässt er dein Zimmer.

Du fährst deinen Rechner hoch und suchst die Adresse des Spielerberaters heraus.

Noch am selben Abend triffst du dich mit ihm in einem Lokal. Klöver ist ein netter Typ, der einen sündhaft teuren Anzug trägt und einen ebenso sündhaft teuren Sportwagen fährt.

Punkt für Punkt geht er mit dir den Vertrag durch und erklärt dir ein paar Details. »Hier, hier und hier sehe ich die Chance, für dich noch mehr herauszukitzeln«, sagt er und tippt auf das Papier. »Zum Beispiel beim Grundgehalt. Das kommt mir zu niedrig vor. Du bist eines der größten Talente Deutschlands, wenn nicht sogar Europas«, schmeichelt er dir. »Was sind da schon 10.000 Euro mehr im Monat? Da geht noch was, lass mich nur machen.«

Du bläst die Backen auf. »Was kann ich denn verlangen?«

»Ich werde mal 150.000 Euro probieren«, kündigt der Berater an.

Irre!, durchfährt es dich. 150.000 Euro im Monat! Im Kopf überschlägst du, was das aufs Jahr hochgerechnet bedeutet. Das sind … äh … 1,8 Millionen.

Was für ein Sümmchen! Du schluckst, und schon wieder wird dir schwindelig.

»Bessere Punktprämien sollten auch drin sein. Und an der Laufzeit des Vertrages können wir auch noch etwas schrauben«, ergänzt Klöver.

Uff, denkst du dir. Hoffentlich geht das gut. Aber Klöver ist ja vom Fach, er hat jahrelange Erfahrung, beruhigst du dich.

»Doch bevor ich mich für dich starkmache, brauche ich deinen Auftrag. Sonst kann ich nicht in deinem Namen tätig werden«, sagt Klöver und zaubert aus seinem Lederköfferchen einen weiteren Vertrag hervor. Vorn ist schon dein Name eingetragen.

»Wenn du willst, lies dir alles in Ruhe durch«, sagt der Berater und lehnt sich zurück.

Du starrst auf den mehrseitigen Wisch. Paragrafen, Vereinbarungen, Klauseln – das ganze Zeug, das du so hasst. Die Zeilen und Zahlen verschwimmen vor deinen Augen. Rasch blätterst du bis zur letzten Seite.

»Wenn alles klar ist, kannst du hier unterschreiben«, sagt Klöver, deutet auf eine freie Stelle am Ende der letzten Seite und gibt dir seinen goldenen Kugelschreiber.

Du zitterst, als du deine Unterschrift unter das Papier setzt.

»Okay, ich gebe mein Bestes für dich«, sagt Klöver zum Abschied.

Zwei Tage vergehen. Dann ruft er dich an. »Alles klar!«, jubelt er. »Der FC ist einverstanden! 150.000 Euro pro Monat.«

Du wirst es nie bereuen, den Berater engagiert zu haben, zumal er auch noch lukrative Werbeverträge für dich an Land zieht. Klöver gehört zu den ehrlichen und fähigen Beratern in der Branche. Dein Glück!

Lies weiter auf Seite 23

Du wirst dich von so einem lächerlichen Zipperlein doch nicht ausbremsen lassen. Du willst keine Memme sein, schon gar nicht jetzt, wo du endlich wieder in der Startelf stehst und vorhast, dem Spiel deinen Stempel aufzudrücken.

Du treibst den Ball durchs Mittelfeld und ignorierst den Schmerz. Ein kluger Pass in die Tiefe, Jack schießt, doch der Ball geht gegen den linken Pfosten – Mist, es bleibt beim knappen 1:0!

Weiter geht's, doch du merkst, dass du immer mehr Probleme mit dem Knie hast. Solltest du nicht doch lieber runter?

Nein!, entscheidest du. Du wirst den Schmerz rauslaufen. In ein paar Minuten wird alles wieder okay sein.

Doch da täuschst du dich. Bei einem Laufduell passiert es: Es kommt dir so vor, als würde dein Knie plötzlich blockieren. Humpelnd brichst du den Sprint ab, dein Gegner läuft weiter und kann ungehindert flanken. Der Mittelstürmer versenkt den Ball – der Ausgleich!

Das Tor geht auch auf deine Kappe, denn du konntest deinen Gegenspieler nicht an der Vorarbeit hindern. Aber du hast noch ein ganz anderes Problem: dein Knie. Die Betreuer stürmen auf den Platz. Der Arzt untersucht dein Knie oberflächlich. Seine Stirn legt sich in Falten. »Du musst in die Klinik«, entscheidet er. Mit einer Trage bringt man dich vom Platz. Dir ist zum Heulen zumute.

Und es kommt noch schlimmer: Im Krankenhaus stellt man bei dir einen Kreuzbandriss fest – die Saison ist für dich gelaufen! Hättest du dich doch früher auswechseln lassen! Warum nur dieser falsche Ehrgeiz? Aber diese Einsicht kommt leider zu spät …

ENDE

Du hältst dich ganz genau an die Ernährungsregeln des Trainers, auch wenn das einige in deinem Team – zum Beispiel Ben – uncool finden. Weil du so viel Grünzeug futterst, verpasst dir das alte Lästermaul den Spitznamen »Häschen«.

Aber da stehst du drüber, zumal du Ben beim Waldlauf immer ganz locker abhängst und ihn »McBen« taufst.

Bei Lanzendörfer hast du wegen deiner vorbildlichen Lebensweise und deiner professionellen Einstellung ohnehin einen Stein im Brett.

Die Folge: Er verpasst dir einen wesentlich cooleren Spitznamen als »Häschen«. Er nennt dich »Ironman«!

Lies weiter auf Seite 73

Nein, man darf seine Gegenspieler nicht demütigen. Das wäre arrogant und in den Augen mancher Fans sogar unsportlich, auch wenn viele andere Fußballfreunde solche Aktionen natürlich lieben.

Also spielst du einen normalen Flachpass zu Schmidt, der gleich weiterleitet auf den rechten Flügel.

Das Spiel nimmt seinen Lauf, ihr belagert den Strafraum der Borussia, die scheinbar nur noch auf Schadensbegrenzung bedacht ist.

Und du? Du willst natürlich dein erstes Tor! Wenn es dir nicht gegen eine solche Truppe gelingt, gegen wen denn dann?

Und dann kommt sie doch noch, die große Chance auf dein erstes Bundesliga-Tor!

Auf dem linken Flügel hat sich dein Kumpel Marco durchgetankt – fast von der Torauslinie zirkelt er den Ball nach innen. Kopfballabwehr eines Borussen – doch sie gerät zu kurz, die Kugel segelt genau auf dich zu! Die Entfernung ist optimal, gut zwanzig Meter, das kann deine Bude werden.

Dein erstes Tor.

Jetzt!

Wenn du den Ball mit vollem Risiko aus der Luft nimmst, um ihn in die Maschen zu jagen, lies weiter auf Seite 34

Wenn du den Ball erst mal stoppen willst, um ihn besser zu kontrollieren, lies weiter auf Seite 69

Die Schlagzeile am nächsten Tag hat es in sich:

JUGENDREVOLTE GEGEN LANZENDÖRFER!

Daneben prangt ein Foto von dir mit heruntergezogenen Mundwinkeln.

Trainer Lanzendörfer faltet dich zusammen: »Wenn du dich beschweren willst, dann bei mir direkt – und nicht über die Medien! Ich bin maßlos enttäuscht von dir und erwarte eine Entschuldigung!«

Doch dafür bist du viel zu sauer.

Am Tag vor dem nächsten wichtigen Ligaspiel erfährst du, dass du als Joker auf der Bank Platz nehmen wirst. »Ob das die Quittung für das Interview ist?«, fragst du deinen Kumpel Marco nach der Übungseinheit. Auch Marco ist morgen nur Ersatzspieler.

»Ach, Quatsch«, sagt er und winkt ab. »Lanzendörfer will uns jungen Spielern nur zeigen, dass er allein der Boss ist. Da kannst du machen, was du willst. Er ist der Chef und du bist die Wurst.«

Du nickst. Vermutlich hat dein Kumpel recht.

»Kommst du heute Abend noch mit auf eine Party?«, fragt Marco.

Wenn du vor einem so wichtigen Spiel nicht ausgehen möchtest, lies weiter auf Seite 38

Wenn du zur Party gehst, lies weiter auf Seite 113

Zack, du nimmst den Ball hoch, lässt ihn zweimal auf dem Knie tanzen und kickst ihn dann rüber zu Zezinho – und was macht der ballverliebte, abgezockte Brasilianer? Der täuscht einen Schuss an und prompt gehen zwei Gegner runter, um sich in die Flugbahn zu werfen.

Elegant lupft Zezinho die Kugel dann über ihre Körper hinweg in deinen Lauf. Du bist im Sechzehner, der Winkel ist sehr spitz, du hörst Jack rufen, zirkelst den Ball nach innen und siehst, wie euer Stürmer in den Ball reinrutscht und ihn über die Linie drückt.

Genial! Das ist das 2:1 für den FC!

Eure Fans sind aus dem Häuschen, der Jubel ist gigantisch. Ihr bringt den knappen Sieg über die Zeit.

Noch in der Kabine redet Trainer Lanzendörfer ein ernstes Wort mit dir. »Auch wenn es noch mal gut gegangen ist, hat mir deine Zirkusnummer vorhin überhaupt nicht gefallen.«

»Aber sie hat den Siegtreffer eingeleitet«, wagst du zu sagen.

»Ja, das weiß ich!«, poltert Lanzendörfer. »Aber es hätte auch schiefgehen können. Ab jetzt, Tom, will ich solche Alleingänge von dir nicht mehr sehen. Ist das klar?«

Du nickst brav. »Klar!«

Lies weiter auf Seite 15

Alles oder nichts! Du hämmerst die Kugel aus diesem unmöglichen Winkel aufs kurze Eck – und zwar durch die Beine des einen SC-Verteidigers. Der Keeper, der mit einem Pass gerechnet hat, hat die kurze Ecke aufgemacht. Der Ball prallt gegen seinen linken Oberschenkel und von dort ins Tor!

Wie cool ist denn das?! Jubelnd drehst du ab. Dein freches Ding bedeutet das 2:0!

Von allen Seiten wirst du beglückwünscht.

Kurz vor dem Halbzeitpfiff legst du noch einen Treffer nach – jetzt ist es endgültig dein Spiel, du bist der Doppelpacker!

Am Ende dieses denkwürdigen Tages habt ihr mit 4:1 gewonnen. Ihr seid Herbstmeister mit 41 Punkten! Und wer hat daran einen entscheidenden Anteil? Na klar, du!

Lies weiter auf Seite 26

»Hi, ich bin Sophie Waldner vom *Kurier*«, begrüßt dich die junge Frau und macht schnell einen Schritt ins Haus, bevor du protestieren kannst.

»Ich möchte eine Homestory über Sie machen«, flötet sie, während ihr Blick durch den engen Flur streift.

»Eine Homestory? Na, ich weiß nicht …«, murmelst du.

»Warum denn nicht?«, erwidert die Reporterin strahlend und schlägt einen vertraulichen Ton an: »Wir haben täglich zwei Millionen Leser. Und alle wollen mehr über Sie erfahren! Über Tom, den neuen Messi. Wollen Sie mich nicht hereinbitten?«

Du kommst dir vor wie der letzte Trottel. »Äh, na gut …«, sagst du und führst sie ins Wohnzimmer mit dem kleinen Aquarium.

»Danke, aber ich würde gerne einen Blick in dein Zimmer werfen, wenn das möglich ist«, sagt sie. »Es geht in dieser Story ja um dich und darum, wie dein Leben aussieht.«

Dir fällt auf, dass die Reporterin dich plötzlich duzt, aber das stört dich nicht.

»Okay«, sagst du und gehst mit ihr rauf.

In deiner Bude herrscht das übliche Chaos. Sophia Waldner setzt sich auf den Stuhl vor deinem Computer und mustert die Poster mit den FC-Stars. Dann beginnt sie dich auszufragen – sie will wissen, wann du mit dem Fußballspielen angefangen hast, wer deine Vorbilder sind, ob du gut in der Schule warst, ob du Hobbys hast und so weiter.

Schließlich fragt sie: »Ist es nicht manchmal langweilig auf dem Land?«

»Doch, manchmal schon«, erwiderst du. »Aber hier habe ich meine Freunde und meine Eltern.«

»Kocht deine Mama für dich?«

»O ja, sie ist die beste Köchin der Welt.«

»Und deine Wäsche wäscht sie auch?«

»Ja«, gibst du nach kurzem Zögern zu.

Ein Lächeln huscht über das Gesicht der Reporterin.

»Jetzt mach ich noch schnell ein paar Fotos«, sagt sie.

Zwei Tage später kommst du an einem Kiosk vorbei. Den Typ da auf der Titelseite der Zeitung, den kennst du doch, denkst du und nimmst das Blatt in Augenschein. Es ist der *Kurier* – und vorne drauf bist du zu sehen, wie du in deinem Zimmer sitzt.

TOM, UNSER NEUER FUSSBALLSTAR:

»HILFE, ICH LANGWEILE MICH TOTAL AUF DEM LAND!«

So lautet die Überschrift in riesigen Buchstaben.

Dir wird schlecht. Das stimmt doch gar nicht. Jedenfalls hast du das nicht so gemeint. Du hast doch auch gesagt, dass du gerne zu Hause bist – wegen deiner Freunde und Eltern!

Du kaufst die Zeitung und überfliegst den Text. O nein, das wird ja immer schlimmer!

Unter einem anderen Bild, wo du auf dem Bett liegst, steht:

Das bequeme Leben eines jungen Millionärs: Seine Mami kocht und wäscht für ihn.

Wütend zerknüllst du das Schmierblatt. Hättest du diese Schnepfe doch niemals hereingelassen! Jetzt denken bestimmt viele, dass du ein fauler und überheblicher Typ bist, der sich zu Hause verwöhnen lässt und gleichzeitig seine Heimat verachtet.

Wütend machst du dich auf den Weg zum Training.

Lies weiter auf Seite 91

»Ich denke, dass der Sieg absolut in Ordnung geht«, sagst du zu dem TV-Reporter. »Wir haben das Spiel kontrolliert, hatten wesentlich mehr Ballbesitz und noch die eine oder andere Chance, das Ergebnis höher zu gestalten. Wir waren heute das klar bessere Team.«

»Und wie beurteilen Sie Ihre eigene Leistung?«, will der Reporter wissen.

Du zögerst. Das sind die Fragen, bei denen man aufpassen muss. Nicht zu viel Gas geben, aber auch nicht zu bescheiden sein. Eine gesunde Mischung wäre ideal.

»Tja, es war ganz okay, denke ich«, erwiderst du. »Aber ich bin nie zufrieden, denn ich will weiterkommen, mich weiterentwickeln – und genau diese Chance habe ich in diesem hervorragenden Team, in dem viele sehr erfahrene Spieler sind, von denen ich noch eine Menge lernen kann.«

Der Reporter nickt, bevor er die nächste Frage stellt: »Und wie sehen Sie die Leistung des Schiedsrichters? Sie haben viel einstecken müssen …«

Du lächelst schwach. »Kein Kommentar. Das überlasse ich Experten wie Ihnen.«

Das Interview wird in der Sportschau gezeigt. Deine bescheidene und selbstkritische Art kommt sehr gut an. Natürlich schmeckt dein Lob an die Mannschaft auch deinen Mitspielern, dem Trainerstab und den Vereinsbossen.

Lies weiter auf Seite 105

Du ziehst ab – was für ein Pfund! Doch ein VfL-Verteidiger hält seinen Kopf in die Flugbahn des Balles. Die Kugel prallt in einem hohen Bogen zurück ins Mittelfeld.

Du fluchst – so ein Mist!

Maxi Heidenreich, der Zehner eures Gegners, reagiert am schnellsten: Er schnappt sich den Ball und startet ein Solo. Du hechelst ihm hinterher, doch er hat zu viel Vorsprung. Auch Schmidt und die anderen Defensivspezialisten des FC können den Typ nicht stoppen.

Neeeeein!!! Heidenreich nagelt die Kugel aus 25 Metern unter die Latte. Das 2:3. Ausgerechnet durch diesen arroganten Futzi!

O Gott … du sinkst auf den Rasen.

Kurz darauf ertönt der Schlusspfiff. Ihr habt das Spiel doch allen Ernstes noch vergeigt. Die Tabellenführung ist futsch.

Du rechnest damit, dass Trainer Lanzendörfer dich zusammenfaltet. Doch er tut es nicht.

»Dein Schuss wurde zwar zum Bumerang, aber du hast es wenigstens versucht, Tom«, sagt er zu dir. »Und es lag nicht nur an dir. Wir haben schon vorher die Ordnung verloren.«

Erleichtert atmest du auf.

Lies weiter auf Seite 20

Marco ist auch schon auf der Geschäftsstelle. Man sieht ihm an, dass er gestern gefeiert hat.

Lanzendörfer und der Manager des FC nehmen euch ins Gebet.

»Ich war überhaupt nicht betrunken. Der Bericht ist falsch«, verteidigst du dich. Und das ist noch nicht mal gelogen.

»Das stimmt, Tom hat so gut wie nichts getrunken«, unterstützt Marco dich.

»Darum geht es nicht«, sagt Lanzendörfer hart. »Ihr habt euch völlig unprofessionell verhalten. Ihr könnt doch nicht vor einem Spiel in eine Disco gehen und euch mit den Gästen anlegen. Das wirft ein ganz schlechtes Bild auf euch, aber auch auf unseren Verein.«

Der Manager nickt. »Vollkommen richtig. Der FC genießt einen exzellenten Ruf, steht für Ernsthaftigkeit und Professionalität. Da passen zwei Discoschläger nicht ins Bild.«

»Ich bin kein Schläger, ich habe Marco nur verteidigen wollen. Außerdem hat der Kerl unseren Verein beschimpft!«, rufst du empört.

»Das mag ja alles sein«, erwidert der Trainer. »Aber das rechtfertigt noch lange nicht eine solche Reaktion. Wir können und wollen uns Spieler, die sich derartig danebenbenehmen, nicht leisten. Ich streiche euch beide für den Rest der Saison aus dem Kader. Ihr spielt ab sofort nur noch für unsere zweite Mannschaft.«

ENDE

Es läuft wie geschmiert, der FC verteidigt den ersten Tabellenplatz. Am 17. und am 20. Spieltag gelingen dir weitere Treffer. Auch als Flankengeber brillierst du. Du hast definitiv einen Lauf!

Doch vor dem 21. Spieltag teilt Trainer Lanzendörfer dir mit, dass du nicht mehr in der Startformation stehst.

»Ich will dich nicht verheizen, Tom«, erklärt er dir.

Doch dafür hast du kein Verständnis. »Ich bin topfit, lassen Sie mich ran!«, bettelst du. »Ich werde Sie nicht enttäuschen!«

Aber du weißt: Wenn Lanzendörfer sich einmal festgelegt hat, dann ändert er seine Meinung nicht mehr.

Du schmorst also auf der Bank, kommst erst in der 84. Spielminute beim Stand von 2:3 rein und kannst dem Spiel in dieser kurzen Zeit keine besonderen Impulse mehr geben. Eure erste Niederlage nach langer Zeit. Das seid ihr gar nicht mehr gewohnt.

Es folgt der 22. Spieltag. Nach der Pleite in der vergangenen Partie hoffst du natürlich auf deine Rückkehr in die Startelf – und genau so kommt es! Super!

Von der ersten Minute an gibst du alles. Ihr nagelt euren überforderten Gegner in seiner Hälfte fest, aber erst mit dem Pausenpfiff gelingt euch endlich die hochverdiente Führung.

Nach dem Seitenwechsel drückt ihr auf den zweiten Treffer. Als du zu einem Solo im Mittelfeld ansetzt, spürst du einen Schmerz im linken Knie ... oje, was ist das?

Wenn du dich vorsichtshalber auswechseln lässt, lies weiter auf Seite 61

Wenn du die Zähne zusammenbeißt, lies weiter auf Seite 77

Du bist ein Teamplayer, hast immer das Auge für den freien Nebenmann. Du täuschst einen Schuss an, legst den Ball dann aber rüber zu Santos, der nun völlig freie Bahn hat und nur noch einschieben muss.

Aber was macht der denn?!

Santos will nicht einfach nur ein Tor schießen, er will es zelebrieren, es besonders hübsch machen. Ganz großes Kino.

Er nimmt den Ball mit links an, hebt ihn mit der Fußspitze und will ihn mit rechts aus vollem Lauf reinnageln.

Das hätte ein Traumtor werden können.

Hätte.

Bääämmm! Voll an den Pfosten und von da ins Aus!

Du bist fassungslos. Die Fans der Ruhrpott-Truppe lachen. Euer Trainer tobt.

Und Santos?

Der ist ein Häufchen Elend. Im ersten Moment bist du total sauer auf ihn und willst ihn zusammenfalten. Doch du beherrschst dich. Ihr seid ein Team, ihr müsst zusammenhalten, auch wenn einer mal einen Fehler macht. Also sagst du ihm lieber ein paar tröstende Worte. Santos hebt den Kopf und du siehst ihm an, dass er dir in diesem Moment sehr dankbar ist.

Lies weiter auf Seite 36

Topfit stehst du am nächsten Tag auf dem Platz. Dein allererstes Training als Profi beim FC: Wahnsinn!

Wie immer sind viele Zuschauer auf dem Trainingsgelände. Ein älterer Mann deutet auf dich und sagt etwas zu seinem Nachbarn. Manche machen Fotos mit ihren Handys.

Trainer Lanzendörfer, der schon über sechzig Jahre alt ist und viele große Clubs auf der ganzen Welt betreut hat, schickt dich und die anderen Spieler erst mal zum Warmmachen. Während des Trainings ist er ein eher ruhiger Typ, der selten laut wird. Dennoch hat jeder Respekt vor ihm. Er ist durch und durch Profi. Sehr pünktlich und genau. Außerdem legt der Coach großen Wert auf die richtige Ernährung.

Ein anderes Temperament zeigt er während der Spiele. Lanzendörfer hält es keine Sekunde auf der Bank, er gestikuliert viel und brüllt ständig Anweisungen auf den Platz. Das hast du schon oft genug in der Sportschau gesehen.

Jetzt drehst du mit den anderen deine Runden. Alle sind fit, niemand fehlt. Du siehst die beiden jungen Stürmer Ben und Marco, die ständig irgendwelchen Blödsinn im Kopf haben und die eigentlich nie still sein können. Ganz vorn läuft euer Kapitän Thorben Schmidt, ein knallharter Abräumer im Mittelfeld, der aber auch weite Pässe mit hoher Präzision zum Mitspieler schlagen kann. Außerdem siehst du Torwart Wollny, die Verteidiger Sestak, Calliuby, Sörensen und Kögl. Der erfahrene Mittelstürmer Jack Ward, ein gebürtiger und stets gut gelaunter Amerikaner, bildet das Schlusslicht mit den beiden brasilianischen Mittelfeldstrategen Santos und Zezinho.

»Schlaft mir nicht ein, Männer!«, ruft Lanzendörfer und gibt seinen Assistenten ein Zeichen. Sie bauen einen Parcours aus Hütchen auf.

Nun dribbelt ihr um die Hütchen herum, den Ball eng am Fuß. Es gibt zwei Strecken, die genau parallel verlaufen. Ihr sollt versuchen, schneller zu sein als der Mitspieler, mit dem ihr zusammen startet. Du misst deine Schnelligkeit mit Zezinho.

Als du um die Hütchen kurvst, brennst du vor Ehrgeiz. Kannst du Zezinho abhängen?

Von den Zaungästen kommen Kommentare und aufmunternde Rufe. Doch es nützt nichts, Zezinho schlägt dich – wenn auch nur ganz knapp. Er lächelt dich an, aber seine Augen lächeln nicht mit. Dir wird klar, dass es einem Platzhirsch wie Zezinho wichtig war, dich hinter sich zu lassen. Er scheint sich von einem Neuen wie dir nichts vormachen lassen zu wollen.

Der Parcours endet an der Grenze zum Sechzehner. Dort sollt ihr den Ball aufs Tor schießen, in dem Wollny lauert. Oft bekommt er zwei Bälle gleichzeitig auf den Kasten. Unglaublich, wie schnell er reagiert – immer wieder gelingt es ihm, mit großartigen Reflexen beide Kugeln abzuwehren.

Zum Abschluss der schweißtreibenden Einheit gibt es noch ein Trainingsspielchen. Du bekommst ein gelbes Leibchen übergestreift – die Dinger tragen diejenigen, die nicht zur ersten Elf gehören. Das wurmt dich natürlich, aber vielleicht kannst du dich bei diesem harmlosen Spielchen durch den nötigen Einsatz für die Startelf empfehlen.

Schon geht es los. Zezinho, der natürlich kein gelbes Leibchen trägt, hat den Ball.

Wenn du ein Zeichen setzen willst und Zezinho umgrätschst, lies weiter auf Seite 17

Wenn du die Platzhirsche in Ruhe lässt, lies weiter auf Seite 66

Immer wieder hat Lanzendörfer dich im Training bremsen müssen, damit die Verletzung nicht wieder aufbricht. Doch jetzt bist du wieder ganz der Alte. Das wurde aber auch wirklich Zeit. Natürlich rechnest du damit, am 28. Spieltag wieder zum Startaufgebot deines Teams zu gehören.

Irrtum. Lanzendörfer hat nun mal seinen eigenen Kopf. Und er liebt die Rotation. Also sitzt du wieder mal nur auf der Bank. Du könntest an die Decke gehen, oder wenigstens dem Trainer mal ordentlich vors Schienbein treten und schreien: »Hallo, Trainer? Hier bin ich! Ich bin fit. Lassen Sie mich kicken, verdammt noch mal! Einen Besseren als mich finden Sie auf dieser Position sowieso nicht.«

Es wird eine enge Partie, der Gegner verlangt euch in seinem Stadion alles ab und geht sogar mit 2:1 in Führung. Ihr seid zwar das bessere Team, versiebt eure Chancen aber gleich reihenweise. Vor allem Jack Ward hat einen miesen Tag erwischt und donnert einen Ball nach dem anderen auf die Tribüne. Bezeichnenderweise gelingt eurer Abwehrkante Sestak das bisher einzige Tor für euer Team. Sestak trifft eigentlich nur, wenn Weihnachten, sein Geburtstag und Ostern auf einen Tag fallen. Also nie.

Sein Treffer ist dann auch eher ein Zufallsprodukt. Nach einer Ecke faustet der Keeper den Ball genau auf Sestaks Brust – von dort trudelt die Kugel über die Linie. Sestak ist völlig aus dem Häuschen: sein erster Treffer in seinem 179. Bundesligaspiel!

Doch was nützt das? Ihr liegt immer noch hinten. Endlich gibt Lanzendörfer dir das Zeichen: Gleich wirst du eingewechselt.

Kurz darauf stehst du endlich auf dem Platz und reißt das Spiel sofort an dich. Du bist Takt- und Impulsgeber, der Denker und Lenker im Mittelfeld.

Du brennst vor Ehrgeiz und willst dein Team zum Ausgleich führen und vielleicht sogar noch zum Sieg. Aber der Gegner macht seine Sache wirklich geschickt. Die Spieler stehen hoch und attackieren sofort den ballführenden Mann. Ihre Kondition ist hervorragend, ihre taktische Disziplin ebenfalls. Das wird ein ganz hartes Stück Arbeit.

Du fütterst eure Stürmer mit millimetergenauen Zuspielen, doch die kriegen heute wirklich nichts auf die Reihe. Marco säbelt aus drei Metern Torentfernung über den Ball und Jack drischt eine Flanke von dir auf die Tribüne. Fantastisch, alles muss man selber machen ...

Du startest ein geniales Solo. Jetzt wirst du selbst den Ausgleich machen, hast du dir vorgenommen. Schon bist du im gegnerischen Sechzehner. Die beiden hünenhaften Innenverteidiger bauen sich vor dir auf wie eine Wand. Du willst links an ihnen vorbeiziehen, als du eine ganz leichte Berührung spürst. Die bringt dich aus dem Gleichgewicht und du sinkst zu Boden.

Der Schiri pfeift Elfmeter für euch. Im ersten Moment freust du dich, im nächsten kommen dir Skrupel. Das war zwar keine Schwalbe von dir, aber es war auch kein Elfer, sondern ein ganz normaler Kontakt während eines fairen Zweikampfs ...

Wenn du das dem Schiri sagst, lies weiter auf Seite 19

Wenn du lieber das Elfergeschenk annimmst, lies weiter auf Seite 50

Es ist dein erstes Spiel für den FC. Trainer Lanzendörfer hat dir das Vertrauen geschenkt und dich auf den Platz gelassen. Du willst ihn nicht enttäuschen, seine Anweisungen nicht missachten.

Also gut, immer schön brav nach hinten absichern. Ein Punkt ist besser als gar keiner, auch wenn ihr ein Heimspiel habt und der Gegner nur ein Aufsteiger ist – so scheint es offenbar der Trainer zu sehen.

Du bist da ganz anderer Meinung, behältst sie aber lieber für dich.

So endet der Saisonauftakt mit einem Unentschieden, mit dem kaum jemand gerechnet hat.

Klar, die Enttäuschung ist bei allen im Team groß. Natürlich auch bei dir, aber im Gegensatz zu den anderen wirst du vom Trainer gelobt.

»Das hast du schon ganz gut gemacht, Tom«, sagt Lanzendörfer. »Das war ein vielversprechendes Debüt!«

Lies weiter auf Seite 15

Du hast so unglaublich viel Gefühl im Fuß. Du trittst die Flanken nicht, du streichelst sie in den Strafraum.

Wie an der Schnur gezogen segelt der Ball auf die andere Seite des Sechzehners, wo Ben schon gestartet ist.

Elegant nimmt er den Ball an, eine Körpertäuschung, eine weitere Finte, schon ist er am Gegenspieler vorbei und ...

... jagt den Ball ans Außennetz.

Schade!

Das bleibt eure letzte Chance in diesem Spitzenspiel, und weil auch der VfL nicht mehr viel zustande bringt, bleibt es beim leistungsgerechten Unentschieden.

Besser als nichts, denkst du dir. Und als Trainer Lanzendörfer dich für deinen Teamgeist und deine supergenauen Flanken lobt, ist die Welt für dich fast schon wieder in Ordnung.

Lies weiter auf Seite 20

Du hältst den Schnabel und lässt lieber Taten sprechen. Du wirst der Fleißigste beim Training. Anders ausgedrückt: Du hast deine Lektion gelernt.

Doch der Lohn lässt zunächst auf sich warten. Euer nächstes Spiel musst du dir tatsächlich von der Tribüne aus anschauen.

Total ätzend!

Aber dann erlöst der Coach dich: »Es gefällt mir, wie du dich inzwischen wieder reinhängst«, lobt er dich beim Abschlusstraining vor der kommenden Partie. »Beim nächsten Spiel bist du wieder dabei!«

Lies weiter auf Seite 102

Du suchst Rat bei deinem Trainer Lanzendörfer – und der hat einen guten Tipp für dich: Der FC bietet eine duale Ausbildung an. Zum einen wirst du weiter als Fußballer ausgebildet, zum anderen kannst du beim FC eine kaufmännische Lehre machen. Das ist ideal für dich!

Es macht sich auch später bezahlt. Denn nach den ersten beiden sehr erfolgreichen Saisons beim FC sinkt dein Stern als Fußballer. Erst wirft dich eine Verletzung zurück. Es folgt eine Formkrise – denn nicht nur bei deinem Comeback spielst du einfach nur mies, sondern auch in den folgenden Partien. Der erfolgsverwöhnte FC versinkt im Mittelmaß und die Presse macht in erster Linie dich dafür verantwortlich. Der Druck nimmt immer mehr zu. Du verlierst deine Unbekümmertheit, denkst zu viel nach, dein Instinkt kommt dir abhanden.

Die Medien prügeln weiter auf dich ein, die Fans pfeifen dich aus. Du kannst schlecht schlafen und fliehst immer öfter nach Hause zu deinen Eltern. In dein Dorf. Zu deinen alten Freunden, von denen immerhin noch ein paar übrig geblieben sind.

Es gelingt dir einfach nicht, fußballerisch an deine tollen ersten Spiele anzuknüpfen – und nach zwei weiteren schwachen Saisons ziehst du dich aus dem Fußballgeschäft zurück. Du hast eine Menge Geld beiseitegelegt und genießt jetzt dein Leben als ganz normaler Angestellter bei einer Sportartikelfirma – ohne Medien, ohne Rummel, ohne den ganz großen Druck. Fußball ist für dich wieder ein Hobby – und zwar das schönste der Welt.

ENDE

»Natürlich war es ein verdienter Sieg«, antwortest du dem TV-Reporter. »Wir waren schließlich das klar bessere Team, auch wenn unser Gegner einen Mann mehr auf dem Platz hatte.«

Der Reporter lächelt irritiert. »Wie meinen Sie das?«

»Der Schiedsrichter war eine einzige Katastrophe. Ich wurde systematisch zusammengetreten, aber er hat nichts dagegen unternommen«, beklagst du dich.

»Wollen Sie damit sagen, dass der Schiedsrichter Sie und Ihr Team benachteiligt hat?«, forscht der Journalist nach.

Du nickst. »Das war doch offensichtlich.«

Nach dem Interview steigst du in den Mannschaftsbus. Dort erwartet dich schon euer Trainer.

»Ich habe gerade gehört, dass du den Schiri vor laufender Kamera kritisiert hast«, sagt er.

»Klar, man wird doch noch die Wahrheit sagen dürfen.«

Lanzendörfer tippt sich an die Stirn. »Aber doch nicht so! Das geht gar nicht, Tom! Okay, der Kerl hat verdammt großzügig gepfiffen, aber das ist sein gutes Recht. Und du schwingst dich in Zukunft nicht mehr zum Oberkritiker auf. Damit verschaffst du dir und unserem Verein ein ganz mieses Image. Es kann auch gut sein, dass die anderen Schiris jetzt gegen uns pfeifen, weil du einen von ihnen an den Pranger gestellt hast. Also: Wenn du ein Mikro siehst, hältst du ab sofort den Schnabel. Du bekommst ein absolutes Interviewverbot. Klar?«

Kleinlaut nickst du. »Klar, Trainer.«

Lies weiter in auf Seite 105

Es ist der achte Spieltag und alles läuft nach Plan. Dein FC steht dort, wo ihr nach eurem Selbstverständnis und der Meinung eurer Fans auch hingehört: ganz oben.

Heute geht es gegen ein Team aus dem Mittelfeld. Die Truppe aus dem Ruhrpott ist ein ziemlich unangenehmer Gegner. Sie verfügt über eine gute Abwehr und ein stabiles Mittelfeld. Die Stürmer sind höchstens Durchschnitt, arbeiten aber auch gut nach hinten.

»Das wird ein Geduldsspiel«, hat Trainer Lanzendörfer euch auf das Auswärtsspiel bei diesem Gegner eingestellt.

Geduld? Das ist nicht unbedingt deine Stärke. Aber egal, Hauptsache, du bist heute in der Startelf! Und du hast einen Plan, ein Ziel, einen Traum: Du willst heute endlich dein erstes Bundesliga-Tor machen!

Der Beginn ist zäh. Die Hausherren stehen tief. Es scheint, als wollten sie nur eins: bloß kein Gegentor kassieren. Immer wieder rennt ihr euch fest. Geduld, Geduld, Geduld …

Es folgen 45 Minuten ohne nennenswerte Torraumszenen. Nach dem Wechsel erhöht ihr den Druck. Der Dreier muss her gegen so eine mausgraue Truppe! In der 72. Minute chippt Santos den Ball in deinen Lauf – und plötzlich ist sie da: die Chance auf dein erstes Tor! Du stürmst auf den Keeper zu, schräg hinter dir rennt Santos und ruft: »Leg ab!«

Wenn du versuchst, dein erstes Tor zu schießen, lies weiter auf Seite 46

Wenn du zu Santos rüberlegst, lies weiter auf Seite 90

Ben hat nicht zu viel versprochen. Das Lokal ist wirklich cool. Viel Neonreklame, viele Spiegel – ziemlich amerikanisch. Und die beiden Mädchen sind tatsächlich hübsch.

Du hast nach der harten Trainingseinheit noch nichts gegessen. Entsprechend groß ist dein Hunger. Du linst auf die Speisekarte. Okay, es gibt auch Salate, die bestimmt ziemlich gesund sind. Aber du bist schließlich kein Hase. Du bist Hochleistungssportler. Und solche Sportler brauchen Kraftfutter. Zum Beispiel Burger.

Ben sieht das natürlich genauso. Also bestellt ihr das große Burgermenü mit sehr viel Pommes. Herrlich! Als die ganze Pracht vor dir steht, meinst du lachend: »Guckt mal, da sind eine Tomate und ein Salatblatt drauf. Das ist also total gesund!«

Es wird ein toller Abend. Ihr versteht euch blendend, das Essen schmeckt tierisch gut.

Gegen Mitternacht kommst du glücklich und zufrieden nach Hause.

Am nächsten Morgen bist du immer noch pappsatt, der Burger und die Pommes liegen dir doch etwas schwer im Magen. Egal, es war lecker!

Auch an den nächsten Tagen gehst du mit Ben in das Burgerlokal. Die Auswahl ist riesig, jedes Mal bestellst du etwas anderes. Nach zwei Wochen stellst du fest, dass du einige Kilo zugenommen hast. Ups …

Ach, das wird Muskelmasse sein, beruhigst du dich. Schließlich ist das Training bei Lanzendörfer knallhart.

Eines Abends machst du in dem Lokal ein Selfie mit deinen Freunden und den edlen Fleischbergen samt goldbraunen Beilagen und postest es – zack! – gleich auf Facebook.

Natürlich bist du tags darauf pünktlich beim Training – wie immer.

Mannschaftskapitän Schmidt begrüßt dich mit einem breiten Grinsen: »War's schön fettig gestern Abend?«

Hä?, wunderst du dich. Woher ...

Mann, klar! Das Foto bei Facebook.

»Nein, es hat wirklich gut geschmeckt«, erwiderst du und gehst schnell weiter.

Trainer Lanzendörfer jagt euch kurz darauf über den Platz.

»Tom, das ist mir zu wenig. Gib Gas!«, ruft er.

Wenig später winkt er dich heran.

»Was ist mir dir los?«

»Nichts«, antwortest du schnaufend.

»Erzähl mir nichts, du bist langsamer geworden. Dir fehlt die Spritzigkeit. Vielleicht liegt es ja daran«, sagt der Coach und zaubert ein Handy aus der Hosentasche. Er tippt drauf herum und zeigt dir das Display.

Da bist du zu sehen – mit einem gigantischen Cheeseburger vor deiner Nase.

Oh, wie peinlich! Wie konntest du nur so blöd sein, das Selfie zu posten!

»Ab jetzt wirst du dich anständig ernähren oder du bist raus aus der ersten Mannschaft«, sagt Lanzendörfer drohend.

Du nickst. Ab sofort schiebst du Extraschichten im Training unter Lanzendörfers persönlicher Aufsicht. Er quält dich.

Und noch schlimmer, deine Kollegen verpassen dir einen neuen Spitznamen: »Specki«.

Lies weiter auf Seite 73

Du kannst mit dem bisherigen Saisonverlauf wirklich zufrieden sein. Deine zumeist guten Leistungen in den Spielen haben dein Ansehen innerhalb der Mannschaft gefestigt. Der Trainer und die Presse sind voll des Lobes für dich.

Eines Tages trainierst du mal wieder mit den anderen. Wie üblich sind auch viele Kiebitze da. Sie hoffen auf Autogramme von euch.

Endlich ist die Einheit zu Ende und ihr dürft zum Duschen. Allerdings liegen noch viele Bälle auf dem Platz. Kapitän Schmidt und einige andere beginnen sie einzusammeln und in Netze zu stecken.

Wenn du ihnen hilfst, lies weiter auf Seite 108

Wenn du lieber Fanarbeit leistest und den Zuschauern Autogramme gibst, lies weiter auf Seite 25

Du setzt dich nach kurzer Diskussion durch – und bist selbst ein wenig überrascht, dass dir das gelingt. Immerhin ist Schmidt älter als du und viel länger beim FC. Und er ist euer Kapitän ...

Aber in diesem wichtigen Moment lässt er dir doch tatsächlich den Vortritt.

Das heißt aber auch: Wenn du den Elfer verballerst, bist du der Depp.

Dieser Schuss MUSS sitzen.

Zwei Schritte Anlauf, volle Konzentration. Schmidt würde jetzt versuchen, die Kugel mit größtmöglicher Wucht ins Netz zu hämmern. Doch das ist nicht dein Ding. Du bist der Techniker, der Künstler.

Du wirst den Keeper verladen, nimmst du dir fest vor. Der Torwart bleibt lange stehen, aber kurz bevor dein Fuß den Ball berührt, verliert er doch die Nerven, er springt nach links und du schlenzt den Ball nach rechts. Toooooor!

Man beglückwünscht dich natürlich, aber du siehst einigen Spielern aus deinem Team an, dass sie es nicht ganz so toll fanden, dass du Schmidt den Ball weggenommen hast.

Als dir in diesem Spiel noch ein weiterer Treffer gelingt, der den FC endgültig auf die Siegerstraße bringt, bekommst du natürlich wieder tolle Noten in der Fachpresse.

Lies weiter auf Seite 71

In wenigen Minuten ist die Sache erledigt und die Bälle sind eingesammelt.

Als du auch unter die Dusche willst, fängt Trainer Lanzendörfer dich ab.

»Warum hast du das gemacht?«, fragt er dich.

»Was denn?«, willst du wissen. Hast du etwas falsch gemacht?

»Die Bälle eingesammelt«, antwortet dein Coach und lächelt breit.

Du verstehst nicht ganz, worauf er hinauswill. »Ist doch selbstverständlich«, sagst du etwas unsicher.

»Eben nicht. Manche halten das nicht für nötig«, erklärt der Trainer dir. »Du aber schon. Und das ist gut so. Du bist eben ein echter Teamplayer und dir auch für solche Dinge nicht zu schade. Du bis auf einem guten Weg, Tom.«

Abends hast du noch einen interessanten Termin mit Fred Möller, dem Chef einer großen Autohaus-Kette. In ganz Deutschland hat Möller Filialen, in denen er Nobelkarossen anbietet.

Lies weiter auf Seite 14

Du drehst eine letzte Runde mit deinem Ferrari. Dann fährst du damit zu Möller und gibst den Renner zurück. Möller ist natürlich enttäuscht und kann deine Entscheidung nicht nachvollziehen. Er kauft das Auto wieder zurück, aber natürlich zu einem geringeren Preis. Du hast einen Haufen Geld verloren, konzentrierst dich aber ab jetzt wieder auf deinen Sport und knüpfst an alte Leistungen an.

Lies weiter auf Seite 48

Oh, wie schön! Ausruhen und Mutters Kochkünste. Da geht doch nichts drüber!

Als du zum Trainingsauftakt wieder zur Mannschaft stößt, bist du allerdings um einiges schwerer. Du hast ein paar Kilo zu viel auf den Rippen. Es ist schon erstaunlich, wie viel man in so kurzer Zeit zulegen kann ...

Na ja, du wirst die überschüssigen Pfunde schon wieder los. Doch das ist gar nicht so einfach, musst du feststellen: Du hechelst nicht nur deinem Gewicht, sondern auch deiner Form hinterher.

Diejenigen, die an dem freiwilligen Konditionsprogramm teilgenommen haben, sind dir gegenüber im Vorteil. Die Folge: Du bist beim Auftakt zur Rückrunde erst mal raus aus der Startformation. Das bringt dich aus dem Gleichgewicht, macht dich unsicher. Als Lanzendörfer dich mal wieder einwechselt, bist du weder mental noch körperlich richtig fit und lieferst eine grottenschlechte Leistung ab. Also landest du in den kommenden Wochen wieder nur auf der Bank – wenn überhaupt. Schade, es hat doch anfangs so gut ausgesehen. Aber es rächt sich, wenn man sich auf seinem Erfolg ausruht und nicht bereit ist, immer und jederzeit das Optimum aus sich herauszuholen.

ENDE

Deine Leistung im letzten Spiel lässt dich in der Hierarchie innerhalb der Mannschaft noch ein bisschen nach oben rücken. Du hast noch einmal unterstrichen, wie wichtig du für das Team bist. Du bist kein junger Mitläufer, den man anleiten muss, du bist jemand, der den Abschluss sucht und damit Verantwortung übernimmt. Auch im Training hängst du dich weiter rein – für einige Spieler, die eher trainingsfaul sind, tust du sogar zu viel; zum Beispiel dann, wenn du nach dem eigentlichen Training noch freiwillig Torabschlüsse übst wie Cristiano Ronaldo, der auch für seinen Trainingseifer bekannt ist.

Doch du lässt dich nicht beirren. Wenn dich der eine oder andere hinter vorgehaltener Hand einen Streber nennt, dann soll er das ruhig tun. Hauptsache, der Coach oder wichtige Spieler wie Mannschaftskapitän Schmidt stehen hinter dir.

Einen trainingsfreien Tag verbringst du mal wieder zu Hause. Deine Eltern freuen sich.

Während deine Mutter dir dein Lieblingsessen (ein so großes Schnitzel, dass es rechts und links mindestens fünf Zentimeter über den Teller ragt) zubereitet, unterhältst du dich mit deinem Vater.

»Irre, was du geschafft hast«, sagt er zu dir. »Ich bin wahnsinnig stolz auf dich.«

Du nimmst ihn kurz in die Arme. Du weißt, dass sein Traum, Fußballstar zu werden, nie in Erfüllung gegangen ist. Und jetzt freut er sich für dich und deinen Erfolg ... du bist froh, solche Eltern zu haben.

Weniger schön verläuft das Wiedersehen mit deinen alten

Freunden. Du triffst sie in einer Dorfkneipe. Großes Hallo, viel Schulterklopfen, eine Menge lockerer Sprüche.

Schnell merkst du, dass sich einiges verändert hat in der kurzen Zeit, seit du zum FC gewechselt bist. Einige begegnen dir mit einer gewissen Unterwürfigkeit, als wärst du der neue Messias.

Eine frühere Mitschülerin mustert dich kühl und abwartend, als ob sie checken will, ob du noch einer von ihnen bist.

Und dann ist da noch einer, der dich, nachdem er ein wenig rumgedruckst hat, fragt, ob du ihm tausend Euro leihen kannst. Er befände sich in einer finanziellen Klemme und du wärst doch jetzt so reich.

Klar, du könntest ihm locker die Kohle geben, aber du lässt es. Denn was folgt als Nächstes? Zweitausend? Und vielleicht kommen dann auch andere auf die Idee, dich anzupumpen.

Dein früherer Freund ist enttäuscht, als du ablehnst: »Schade, dass du mich hängen lässt.«

Na toll!

Nur zwei oder drei deiner alten Kumpel sind so wie früher: locker und nicht berechnend. Dennoch, der Abend macht dir nur wenig Freude und schließlich bist du froh, den Laden wieder zu verlassen. Schade ...

Lies weiter auf Seite 40

Marco holt dich ab. Diesmal düst ihr zu einer besonders angesagten neuen Disco, die beim Partyvolk in aller Munde ist, weil dort bekannte DJs einheizen. Der Eintritt ist extrem hoch, aber was soll's? Geld ist ja kein Problem mehr für dich!

Marco und du, ihr werdet sofort von vielen erkannt. Man bittet euch um Autogramme, sucht eure Nähe.

Das Bad in der Menge tut dir gut. Das nächste Bad auch: nämlich das Bad im Schaum, der tonnenweise auf die Tanzfläche gepumpt wird. Was für eine Stimmung in der proppenvollen Bude!

Der ganze Stress, der ganze Druck fallen von dir ab – du lässt dich von der tollen Stimmung und der ebenso tollen Musik tragen und fühlst dich wie auf Wolke sieben.

Wie gut, dass du Marco hierher gefolgt bist. Zwei Longdrinks sorgen zusätzlich dafür, dass du schön locker bist und auch bleibst.

Auch dein Kumpel ist bestens drauf. Doch dummerweise trinkt er in den nächsten beiden Stunden viel zu viel. Zunächst wird Marco immer fröhlicher, dann aber immer lauter und aggressiver.

Hm, geht das gut?

Wenn du versuchst, Marco aus der Disco zu ziehen, lies weiter auf Seite 21

Wenn du ihn lieber in Ruhe lässt, lies weiter auf Seite 27

Es ist der 34. und letzte Spieltag. Heute geht es um alles, um den Titel, die Schale!

Denn in den vergangenen drei Spielen hat dein Team überraschend geschwächelt: kein Sieg, nur ein Unentschieden, aber zwei Niederlagen. Auch du bist, nachdem du als Joker von der Bank kamst, unter deinen Möglichkeiten geblieben. Einige höhnen schon, dass ihr auf der Zielgeraden die Nerven verliert oder dass euch die Puste ausgeht.

Nur einen Punkt hinter euch in der Tabelle lauert der VfL mit deinem Erzfeind Maxi Heidenreich. Die haben ein leichtes Heimspiel und werden ganz sicher einen Dreier holen.

Ihr braucht also auch einen Sieg, um auf der sicheren Seite zu sein. Heute müsst ihr gegen den SV ran, der auf Platz zehn liegt. Die können nicht mehr absteigen, aber nach oben geht auch nichts mehr. Noch nicht einmal die Qualifikation zur Europa League ist machbar.

»Aber genau darin liegt die Gefahr, Männer!«, ruft Trainer Lanzendörfer, der zuletzt ein wenig in die Schusslinie geraten ist, euch in der Kabine zu. »Die können ganz befreit aufspielen.«

»Und wenn schon, wir holen die Schale!«, brüllt Kapitän Schmidt.

Ihr bollert mit den Fäusten gegen die Spinde. Volles Rohr!

Mit einer Handbewegung sorgt der Coach für Ruhe. »Gut«, sagt er leise und eindringlich. »Geht jetzt raus. Gebt alles. Kämpft. Holt euch das, was euch gehört. Das, wofür ihr die ganze Saison über alles gegeben habt. Das, wovon wir alle träumen. Die Schale. Die Meisterschaft. Lasst sie euch nicht wegnehmen. Vergesst nie: Wir sind der FC. Wir schaffen alles. Wir müssen es nur wollen.«

Wieder bollert ihr gegen die Spinde.

Nachdem euch der Trainer derart heißgemacht hat, brennt ihr auf dem Platz ein regelrechtes Feuerwerk ab. Du bist diesmal wieder von Anfang an dabei, super!

Aber ihr seid zu hektisch. Auch nach einer halben Stunde steht es noch 0:0. Von der Bank erfahrt ihr, dass der VfL bereits in Führung liegt, ausgerechnet durch ein Tor von Maxi Heidenreich. Im Moment ist der VfL Meister und ihr dürft in der Nase bohren! Katastrophe! Ein Tor muss her, und zwar schnell!

Ihr drängt mit aller Macht auf die Führung, aber nach wie vor sind eure Aktionen zu wild und zu wenig koordiniert. Jeder will alles und irgendwie will jeder zu viel.

Besonders übermotiviert ist euer Verteidiger Kögl. Der senst bei einem der wenigen Entlastungsangriffe des SV einen Gegner von hinten rüde um.

Logische Folge: Freistoß aus einer gefährlichen Entfernung und … o nein … die Rote Karte für Kögl! Mit hängendem Kopf schleicht er vom Platz. Jetzt seid ihr fast eine Stunde in Unterzahl!

Der Mittelfeldregisseur vom SV legt sich die Kugel für den Freistoß zurecht. Ein Blick, ein Handzeichen – dann schießt er.

Mit großen Augen verfolgst du die Flugkurve des Balls. Euer Keeper Wollny streckt sich … und streckt sich … und streckt sich – vergeblich. Oben links schlägt der Ball ein. Ein Traumtor für den Gegner, ein Albtraum für euch.

Du ballst die Fäuste. Vor Wut, vor Entschlossenheit. Es ist nur ein Tor, mehr nicht. Aber dir ist auch klar: Ihr braucht für die Meisterschaft jetzt mindestens noch zwei Buden, wenn euer direkter Konkurrent um den Titel – der VfL – sein Heimspiel gewinnt. Und danach sieht es im Moment leider aus.

Ihr rennt weiter an und pflügt den Rasen um. Grätschen, blocken, pressen, kämpfen, alles geben.

Von den Rängen kommt volle Unterstützung, eure Fans peitschen euch nach vorn. Aber ihr beißt euch die Zähne an der Abwehr des SV aus. Bis zur Pause bleibt es bei der völlig unverdienten Führung des Gegners.

Lanzendörfer redet ruhig und sachlich auf euch ein: »Schon oft hat ein Platzverwies eine Trotzreaktion hervorgerufen. Ich kenne viele Beispiele, wo eine Mannschaft trotz Unterzahl ein Spiel gedreht und noch gewonnen hat. Das schaffen wir auch.«

Ihr nickt. Dann sind die armen Spinde wieder fällig.

Raus aus der Kabine. Ihr habt noch 45 Minuten Zeit.

Als du den Rasen wieder betrittst, hörst du den Jubel gar nicht. Du bist nur auf das Spiel fokussiert.

Nein, nicht auf das Spiel.

Auf den Sieg.

Gleich zu Beginn der zweiten Halbzeit ziehst du die Partie an dich. Deine Pässe kommen jetzt mit tödlicher Präzision – so wie in der 48. Minute, als du Jack mustergültig bedienst und der sein 21. Saisontor erzielt. Der Ausgleich!

Aber das reicht nicht, zumal der VfL seine Führung ausgebaut hat. Euer direkter Konkurrent um den Meistertitel führt bereits mit 4:0. Die Truppe hat schon eine Hand an der Schale. Ihr braucht unbedingt noch einen Treffer!

Ihr gönnt euch keine Pause, kein Nachlassen. Ihr schnürt den Gegner ein. Doch die SV-Spieler wehren sich. Sie wollen euch den Titel nicht kampflos überlassen – und wie euer Trainer schon sagte: Die haben nichts zu verlieren, die können ganz locker aufspielen. Und genau das tun sie. Eine herrliche Ballstafette durchs Mittelfeld, ein Diagonalball nach außen, wo du einen wichtigen Zweikampf verlierst, ein Doppelpass und schon macht es sich bemerkbar, dass euch ein Verteidiger fehlt: Aus kurzer Distanz kassiert ihr das 1:2! Es ist die 78. Minute.

Du bist einen Moment wie gelähmt. Jetzt ist alles verloren!, fährt es dir durch den Kopf. Der Titel ist futsch … Im Stadion erklingt ein spöttischer Chor der SV-Fans: »Deutscher Meister wird nur der VfL! Nur der VfL! Nur der VfL!«

Eure Fans sind ganz still. Wie auf einer Beerdigung.

Dein Blick irrt durch das Stadion und bleibt bei Trainer Lanzendörfer hängen. Er deutet auf dich, reckt seine beiden Daumen nach oben und ballt anschließend die Fäuste.

Du hast verstanden. Er zählt auf dich und will zwei Tore von dir sehen.

Du lächelst schwach. Zwei Tore? Kein Problem …

In dieser Sekunde läuft Mannschaftskapitän Schmidt an dir vorbei und ruft: »Es ist noch nicht alles aus. Wir können es noch schaffen!«

Okay, wenigstens willst du es versuchen!

Ihr habt Anstoß. Schmidt kickt den Ball zu dir und du marschierst los, pure Entschlossenheit im Blick. Du ziehst zehn Meter ins Zentrum und locker an einem Gegner vorbei. Der Ball und du – ihr seid jetzt eins. Unzertrennbar wie siamesische Zwillinge. Du wechselst rüber nach rechts und täuschst eine Flanke an.

Der Verteidiger springt hoch, um die Flanke abzuwehren, doch du schiebst den Ball unter ihm hindurch. Ein herrlicher Trick, den du oft im Training geübt hast!

Weiter! Jetzt trennen dich nur noch fünf Meter vom gegnerischen Strafraum. Marco ist schon in den Sechzehner unterwegs und winkt, jeder rechnet mit einem Pass.

Und du? Du hältst einfach mal drauf! Was für eine Granate! Unter die Latte und rein damit – der erneute Ausgleich, nur zwanzig Sekunden nach dem Rückstand.

Deine Mitspieler beglückwünschen dich, aber noch seid ihr nicht am Ziel.

Nun hat der SV Anstoß. Die spielen jetzt auf Zeit, wollen den Punkt mitnehmen und euch den Titelgewinn vermiesen.

Doch in der 86. Minute fängt euer Verteidiger Sestak einen schlampigen Pass ab und leitet sofort weiter auf den schnellen Zezinho, der durchsteckt auf Jack Ward: Der haut den Ball an den Innenpfosten. Die Kugel trudelt hinter dem geschlagenen SV-Keeper Richtung Torlinie.

»Geh rein!«, schreist du und setzt mit langem Bein nach. Neben dir ist ein Verteidiger, der die rechte Gräte ebenfalls ausgefahren hat. Aber du bist einen Tick schneller und spitzelst den Ball ins Netz! Das 3:2, durch einen Doppelpack von dir!

Du schaust zu Lanzendörfer. Auftrag erfüllt!

Im Moment seid ihr Meister. Ihr dürft bloß nicht wieder ein Gegentor kassieren. Lanzendörfer winkt euch zurück. Ihr sollt den knappen Vorsprung irgendwie über die Zeit retten.

»Haut sie weg, lasst sie gar nicht erst zur Entfaltung kommen!«, brüllt Schmidt euch an.

Santos, bereits mit Gelb verwarnt, nimmt das zu wörtlich. Bäääm! Ein ziemlich übles Foul. Der Schiri kann gar nicht anders, als ihn mit Gelb-Rot vom Platz zu schicken.

Mist, jetzt seid ihr nur noch zu neunt.

Prompt wittert euer Gegner seine Chance und drängt auf den Ausgleich.

Doch nicht mit dir. Heute ist dein Tag. Der Tag, an dem du FC-Geschichte schreiben wirst.

Ihr spielt gerade ein wenig Klein-Klein vor dem gegnerischen Strafraum, als du umgesenst wirst. Freistoß aus 19 Metern.

Nicht schlecht. Du schnappst dir die Kugel und schaust hoch zur Stadionuhr. Samstag, 20. Mai, 17:18 Uhr.

Ein kurzer Anlauf, ein wunderschöner Schlenzer und ... du siehst den Ball wie in Zeitlupe aufs Tor zufliegen. Der gegnerische Keeper hat die Ecke erahnt und macht sich länger und länger! Aber nicht lang genug. Die Kugel schlägt genau im Winkel ein und plötzlich läuft die Zeit wieder normal und deine Mannschaftskameraden stürzen sich jubelnd auf dich!

Was für ein herrlicher Treffer! Das ist die endgültige Entscheidung – nicht nur für dieses Spiel, sondern auch für die Meisterschaft!

Ihr habt es dank dir gepackt, ihr habt die Schale geholt! Denn kurz danach pfeift der Schiedsrichter ab.

Auf dem Platz spielen sich jetzt unglaubliche Szenen ab. Sekt und Bier fließen in Strömen. Trainer Lanzendörfer wird ebenso geduscht wie der Spieler des Tages: Und das bist natürlich du. Die klebrigen Duschen nimmst du gern in Kauf. Du bist mit dem FC Deutscher Meister geworden, und das gleich in deiner ersten Saison.

Dein Traum ging in Erfüllung. Doch es bleibt nicht der letzte ...

Lies weiter auf Seite 122

»Jetzt mach mal langsam!«, raunzt du den Typ an.

»Hat jemand die Null gewählt oder warum meldest du dich?«, lautet die Antwort, untermalt von einem Schlag vor deine Brust.

So nicht!, denkst du und schlägst zurück. Doch der Kerl duckt sich schnell weg und deine Faust trifft einen Unbeteiligten.

Im Nu ist eine wüste Prügelei im Gange. Natürlich steht Marco dir bei. Seite an Seite verteidigt ihr euch. Unbekannte kommen euch zu Hilfe, andere unterstützen eure Gegner.

Barhocker, Gläser und sogar ein Gebiss fliegen, Scheiben und Spiegel gehen zu Bruch. Die Kellner und der Türsteher versuchen euch zu trennen, aber das wird nichts – zu viele mischen mit.

»Rückzug!«, brüllst du zu Marco.

Ihr kämpft euch zum Ausgang durch und könnt nach draußen schlüpfen, ohne etwas abzukriegen.

»Haha, das war ja mal so richtig cool«, sagt Marco lachend. »Was für eine tolle Party!«

Toll? Na ja, du bist dir da nicht so sicher. Aber Hauptsache, ihr seid heil aus der Sache herausgekommen!

Lies weiter auf Seite 57

Nach Meisterschaftsfeier, Eintrag ins Goldene Buch der Stadt, Sportschaubesuch, unzähligen Autogrammstunden und einer kurzen SMS an Maxi Heidenreich (»Glückwunsch zur Vizemeisterschaft!«) darfst du dich ein paar Tage zu Hause bei deinen Eltern ausruhen. Natürlich wirst du auch in deinem Dorf gefeiert, aber hier ist es doch wesentlich ruhiger als in der Stadt.

Ständig Alarm macht nur dein Handy: Es bimmelt oder blinkt. Irgendjemand will dir mal wieder gratulieren. Schließlich machst du es aus und legst es weg.

Nun hast du Zeit und Ruhe für deine Familie.

Dein Vater ist überglücklich – du hast tatsächlich das geschafft, wovon er immer nur träumen durfte.

Und deine Mutter? Die macht dir erst mal wieder dein Lieblingsessen: ein riesengroßes Schnitzel, das rechts und links mindestens fünf Zentimeter über den Teller ragt! Lecker!

Beim Nachtisch klingelt das Telefon deiner Eltern. Seufzend steht deine Mutter auf und geht ran.

»Oh, Sie sind es …«, sagt sie nur und wirkt völlig überrascht.

Wer kann das sein?, überlegst du.

»Das Handy? Das hat er ausgeschaltet, glaube ich«, sagt deine Mutter nun. »Aber er ist hier, ich kann Ihnen meinen Sohn geben.«

Aha, das Gespräch ist für dich. Du nimmst das Telefon und meldest dich.

Als sich dein Gesprächspartner ebenfalls meldet, schluckst du. Das darf doch nicht wahr sein! Das ist niemand anders als der Bundestrainer höchstpersönlich!

»Hallo, Tom, das war ja wirklich eine großartige Saison von dir«, beginnt der Erfolgscoach.

»Äh, ja, wenn Sie meinen«, stammelst du und kommst dir total bekloppt vor. Was redest du da für einen Schwachsinn!

»Na ja, es war noch nicht alles perfekt, was du gezeigt hast, aber du hast sehr viel Talent«, fährt der Bundestrainer fort. »Junge, hungrige Spieler kann ich immer gut gebrauchen. Ich möchte dich in den erweiterten Kader der Nationalmannschaft aufnehmen. Wenn du deine Sache gut machst und dich durchsetzt, bist du vielleicht bei der WM in Russland dabei ... was meinst du dazu?«

Wieder schluckst du. Das ist ja irre! Du darfst vielleicht für Deutschland spielen? Das ist noch mehr, als du dir jemals erhofft hast!

»Natürlich, ich wäre wahnsinnig gerne dabei«, krächzt du mit belegter Stimme. »Wann soll's denn losgehen?«

Ein Lachen und dann: »Schon bald, halt dich bereit!«

WIE TOMS GESCHICHTE WEITERGEHT, ERFÄHRST DU IN »FUSSBALLSTAR. WM-FIEBER«

Troll dich, Greg!

Rob Harrell
Spotz
Alles unter KonTrolle
304 Seiten
Taschenbuch
ISBN 978-3-551-31684-4

Spotz hat es nicht leicht: Als Troll steht er in seiner Schule ganz unten in der Hierarchie. Doch dass ihn der schleimig-fiese Prinz Roquefort als Stinkdrache bezeichnet, geht zu weit und versetzt Spotz in Trollwut – mit katastrophalen Folgen. Um seinen Ruf wiederherzustellen, macht sich Spotz auf, um den verschollenen König Kastanius zur retten. Denn bevor der missratene Sohn dieses netten Königs den Thron besteigt, nimmt Spotz es lieber mit sämtlichen Schnupfwieseln und Lavadrachen des gesamten Königreichs auf!

CARLSEN

www.carlsen.de